智慧人生书系

如何让生命更美好

Make It
A
Better Life

济群 著

中国出版集团
中译出版社

图书在版编目(CIP)数据

如何让生命更美好 / 济群著. —北京：中译出版社，2023.1（2023.2重印）
ISBN 978-7-5001-7298-7

Ⅰ.①如… Ⅱ.①济… Ⅲ.①随笔—作品集—中国—当代 Ⅳ.①I267.1

中国版本图书馆CIP数据核字（2022）第247208号

如何让生命更美好
RUHE RANGSHENGMING GENGMEIHAO

出版发行／中译出版社
地　　址／北京市西城区新街口外大街28号普天德胜科技园主楼4层
电　　话／(010) 68005858，68358224（编辑部）
传　　真／(010) 68357870
邮　　编／100088
电子邮箱／book@ctph.com.cn
网　　址／http://www.ctph.com.cn

策划编辑／范　伟
责任编辑／张若琳　范　伟
封面设计／潘　峰
排　　版／北京竹页文化传媒有限公司
印　　刷／北京顶佳世纪印刷有限公司
经　　销／新华书店

规　　格／710mm×1000mm　1/16
印　　张／16.25
字　　数／170千字
版　　次／2023年1月第1版
印　　次／2023年2月第2次

ISBN 978-7-5001-7298-7　　定价：48.00元

版权所有　侵权必究
中译出版社

序

快节奏的都市生活，碎片化的阅读，使人能够静下心来的时间越来越少。

如果生活让我们漂流在表面，读这本书便能帮助我们向下深潜：它会带我们思考生命永恒的困惑，重新认识当代社会发展中存在的问题，重新认识人生的意义。

一般来说，有思想的书读起来并不轻松，但在法师这里却不然。诗歌般的文字，绝美的意境，三言两语，直抵本质，并能让人陶醉其中。

比如书中"觉醒的艺术"，是把生命当作艺术品来打造，帮助我们成为更好的自己。

　　什么才是更好的自己？是相貌美一点，心情好一点，知识多一点，还是地位高一点，财务自由一点？每个人都有自己的标准。从佛法角度来说，是生命品质的提升。这就要有人生的大智慧，才能看清"我是谁"，了解人为什么活着，生命的意义在哪里。否则，我们只能在迷惘中凭感觉摸索。

　　你的生命是普通产品，还是精心打造的艺术品？你关心过自己生命的创作吗？以觉醒为目标，把生命作为创作的载体，通过努力，每个人都能造就美好的自己。

　　法师在哲学、科学、艺术和社会学的多重维度纵横驰骋，与各界巨擘对话，但自始至终，他的文字都有着一种少见的松弛感，风行水上，自然成文。

　　开篇即是与岳麓书院院长朱汉民的对话，这是一场儒佛的对话，主题是"如何立心立命"，内容来自"横渠四句"，即张载（世称横渠先生）的"为天地立心，为生民立命，为往圣继绝学，为万世开太平"。

　　这些思想在今天格外重要。由于时代飞速变迁，尤其是人工智能出现后，带来很多颠覆性的改变，人作为万物之灵的优越感正受到前所未有的挑战。在这样的大背景下，如果不重视立心，找不到立命之本，我们将何以自处？

　　儒家讲立心立命，造就理想人格，成贤成圣；佛教讲明心见性，成就佛菩萨品质，都是探讨如何做人和人生价值的问题。正是我们这个时代需要思考的。

那么，通过什么路径来实现这些目标？法师在书中会一一指出。

本书精彩纷呈，为读者带来的高峰体验比比皆是。比如和朱清时院士的对话："教育的根本应该是做人，是引导大众成为有智慧、有道德的人。"

中国传统儒释道的教育属于生命教育，是从观念、心态的改变，达到生命品质的改变。这就必须正确认识生命，知道当下的现状是什么，所要达到的目标是什么。方向明确后，接着怎么做。儒家讲修身、齐家、治国、平天下，佛教讲心净国土净，同样都揭示了修身、做人，是建设理想社会不可缺少的基础。

一册在手，就像有了一片属于自己的瓦尔登湖，书里自有湖光山色映照心灵世界。

法师智悲双运，将真理推动在人间，数十年来，精勤说法，无有疲厌。无论是严谨的知识分子，还是普通的读者，或者深山里的修行人，都难以抗拒这种抽丝剥茧、索隐探幽的快感。因为修心不只是在丛林、道场，也是在人与人之间，人与事之间，更是在自己起心动念间，人间无处不道场。

深度的文字、启人深思的内容，如惊蛰春雷带来大地的复苏，冰雪消融，溪流淙淙，枯草冒出新芽，繁花次第绽放……心灵的春天，宛若百花深处。

读法师的书，总有一种力透纸背的感受，除了思想的表达，更是在以生命呼唤生命，以生命唤醒生命。字里行间无尽的慈悲，令人想起远古时期"喊山"习俗，春来了，草木还在憨睡，万物复苏之际，只待春雷惊蛰，农人们会提前摆齐锣鼓，喊声四起，惊天动地，"快发芽！快发芽……"一声声，一槌槌，震碎了雾花，清凉凉地洒落在被吵醒的芽头上。

　　造就美好的自己，才能让幸福长久延续，同时也能更好地造福社会。

静仁

2022 年 8 月

目 录

如何立心立命——与岳麓书院院长朱汉民对话　　/ 001

传统文化与现代教育——与中科院院士朱清时对话　　/ 041

当公共卫生遇到佛法——与中国疾控中心首席专家曾光教授对话　　/ 069

佛教与"一带一路"——与中国社科院学部委员魏道儒教授对话　　/ 117

玄奘心路与中国人精神建设——2017年9月为戈友会开示　　/ 143

济群法师说"玄奘之路"　　/ 177

缅怀玄奘精神，荷担如来家业　　/ 195

觉醒的艺术——2017年暮春讲于上海"厢"　　/ 211

生命的美容——2008年冬为厦门东方美会员所讲　　/ 239

如何立心立命
——与岳麓书院院长朱汉民对话

如何让生命更美好

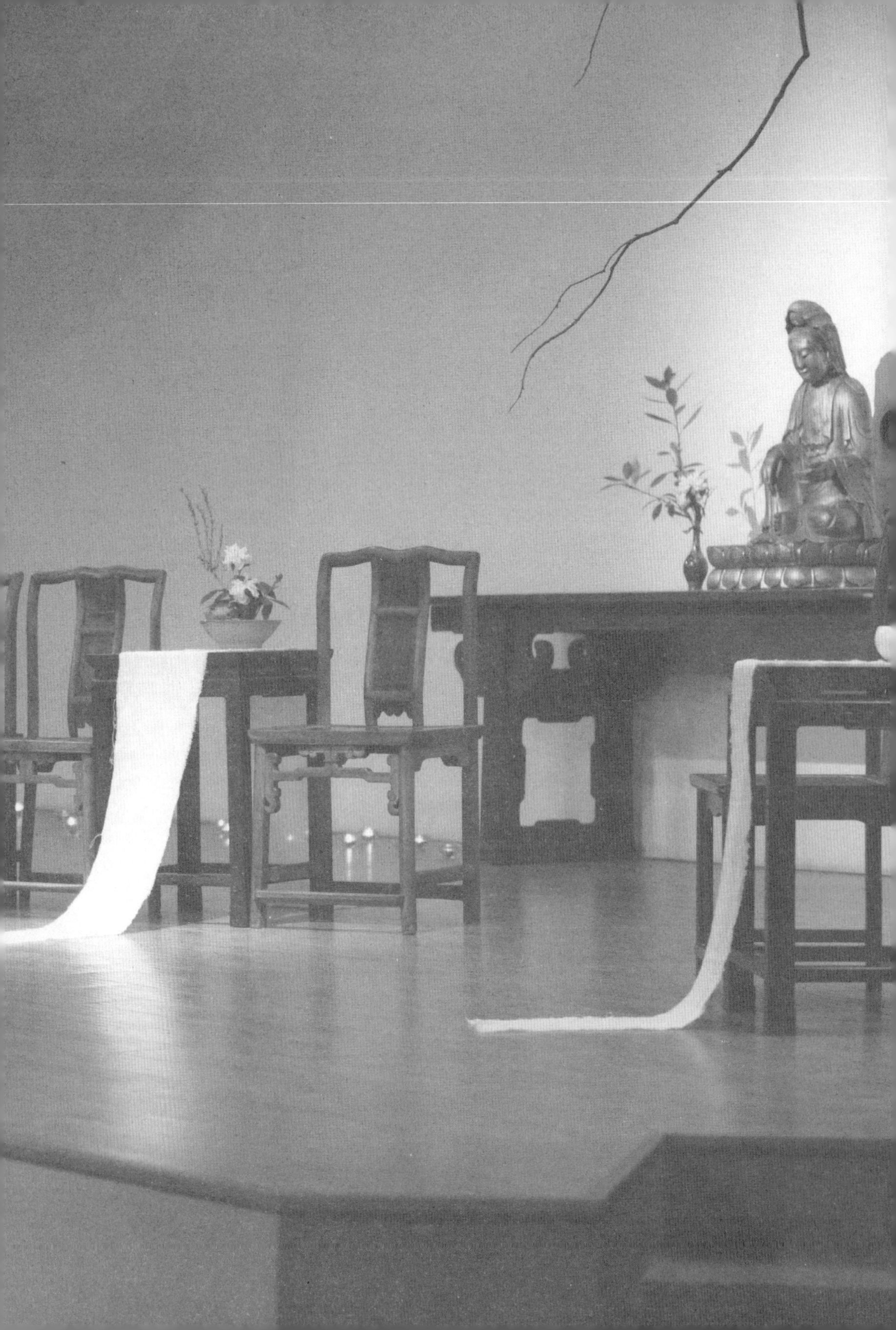

2018年夏,济群法师应湖南践行国学公益基金会的邀请,在长沙国学公益大讲堂举办讲座。长沙是儒家四大书院之一岳麓书院的所在地,自古以来人文荟萃,名家辈出,所谓"唯楚有才,于斯为盛"。活动期间,主办方就儒家的重要命题,安排了"如何立心立命"的对话,由岳麓书院院长朱汉民教授与济群法师交流,颜爱民教授主持。

立心立命的内涵

颜爱民教授:今天儒佛对话的主题是"如何立心立命",内容来自"横渠四句",即张载(世称横渠先生)的"为天地立心,为生民立命，为往圣继绝学，为万世开太平"。这四句话也是我们国学基金会的宗旨。那么它到底表达什么？我们先从儒开始，请岳麓书院国学院院长、国际儒联副理事长、儒学大家朱汉民院长谈一谈。

朱汉民院长：这场聚会的缘起，是济群法师来到长沙，很多朋友希望听他的讲学，以解除自己的迷惑，包括立心立命这样的重要问题。我虽然是研究中国思想史的，但主要研究方向是儒学，对佛学涉猎较少。所以也和大家一样，想借此机会向法师学习。

立心和立命，出自南宋大儒张横渠著名的"四句教"。从政界、学界、商界到宗教界的很多人，都以此作为自己做人、做事、立言的宗旨，这也是我们践行国学公益基金会的宗旨。那么，立心和立命是什么意思？

所谓立心，其实是"为天地立心"。但是，天地之心究竟是"有心"，还是"无心"？早在《周易》的复卦中，就有"见天地之心"，认为宇宙天地间有个心，"天地之心"是决定天地世界的主宰力量，所以《周易》又提出"天地之大德曰生"。到了宋儒朱熹这里，他一方面认为"天地本无心"，一方面又肯定"天地以生物为心"。所以，尽管儒家总体上是无神论，不认为天地中有一个人格神，这点和佛学接近，但是儒家还特别强调人在天地之间的位置，即所谓"人者，天地之心"。按照宋儒的看法，"心者，人之神明"，故而人可以"为天地立心"。人心通过体认天理、根据天理做事，就实现了天地之心。可见，人不是被动的，人在宇宙中发挥仁者之心的能动作用，就是"为天地立心"。

立心和立命相通，对应于天道、天理。以天道、天理的主宰性或目的性而言，可以称之为"天地之心"；以天道、天理的必然性而言，又可以称之为"天命"。人之心通过体认天地之理，按天地之理去做事，这既是为天地立心，又是为生民立命。儒家相信人的主观能动性可以立心和立命，即达到儒家所说的最高精神境界——天人合一。总之，立心和立命表达了儒家关于终极问题的哲学思考和思想信仰。

颜爱民教授： 站在方外看滚滚红尘中的立心立命，是什么感觉？有请济群法师为我们开示。法师是非常谦和的大德，童真入道，在深入经藏和修证方面的造诣都很深。

济群法师： 我也很期待今天的交流，和朱院长、颜教授一起讨论立心立命的话题，可以让我对儒学有更多了解。说到张载的四句话，不知大家是什么感觉，反正我在念的时候充满力量，就像学佛人所发的四弘誓愿——"众生无边誓愿度，烦恼无尽誓愿断，法门无量誓愿学，佛道无上誓愿成。"发起这样的宏愿，会让生命得以提升。

立心和立命的内涵，朱院长做了解释。我觉得在探讨这个话题时，要立足于儒家的使命感和价值观来思考。儒家有"三不朽"的人生，为立德、立功、立言。其中包含两个面向，立德是从个人修养而言，要成为有德君子，最终成圣成贤；立功和立言是从社会责任来说，能造福社会，利益大众。这和佛教的自利利他有相通之处。

学佛的最高目标是成就佛菩萨品质，也有两个面向：一是于自身圆满悲智二德，为自利；一是以悲心广泛利益众生，为利他。可见，儒家和佛教都倡导从自利到利他，由成就高尚人格来建设理想社会，立足点是由内而外，不同于西方文化是通过改造外在世界来追求幸福。这也是儒释道能相互融汇的思想基础。

当然，二者对人格和社会的具体定义会有差异。儒家的高尚人格是君子、圣贤，理想社会是大同世界，人人都能老有所安；佛教的高尚人格是佛菩萨品质，理想社会是净土，包括西方净土、十方净土，乃至人间净土。如何成就这样的理想？《大学》说："自天子以至于庶人，壹是皆以修身为本。"修身不仅是完善自身的需要，也是齐家、治国、平天下的基础。而修身的前提，是正心、诚意。可见，心才是关键所在。

我们探讨立心和立命，也是从心入手，由修身养性而能安身立命。这就必须了解，我们要立的是什么心，断除的是什么心？正如朱院长所说，并非所有的心都是天地之心，此外还有种种不良心行。相关内容，儒家有很多论述。而佛法自古就被称为心性之学，所有教义和实践都是围绕心性展开，由认识心性、调整心行，最终明心见性，证悟心的本质。

这些思想在今天格外重要。因为时代飞速变迁，尤其是人工智能出现后，带来很多颠覆性的改变，人作为万物之灵的优越感正受到前所未有的挑战。在这样的大背景下，如果不重视立心，找不到立命之本，我们将何以自处？

立心立命的路径

颜爱民教授：儒学大家和佛教大德都讲到立心立命的基本点，我把它通俗化一下。儒家讲的立心立命，又叫作理想人格，成贤成圣，关键是人生价值的问题。佛教修行的目标，是成就阿罗汉、菩萨和佛陀的品质，在一定意义上，也可以说是立心立命。

通过什么路径来实现这些目标？《孟子》中说："居恶在，仁是也；路恶在，义是也。居仁由义，大人之事备矣。"讲到仁听起来比较抽象，它就落在义上。关于立心立命和成圣成贤，在座各位可能觉得很高大上，不太有把握。那么，儒家有没有实施样本和先后次第？佛教又是怎么做的？是不是天天念佛就可以达到目标？

朱汉民院长：谁来立心立命？早期儒家有一批被称为君子的人

在推动此事。《论语》记载中，孔子反复强调的，就是要成为什么人，以如何成就自己作为思考的关键。

"世界哲学大会"2018年在北京召开，有来自全世界的几千个哲学家、学者参加，主题是"学以成人"。我们来到这个世界，被父母生下时，已具有人的形体，但成为真正的人，还要经过不断学习，儒学的重点就是告诉我们怎么做人。有人说，"学以成人"看起来像是教育学或儒家式的命题，怎么能成为世界哲学大会的主题？事实上，这是人类目前的最大问题。当今世界面临的很多困境，从社会秩序的混乱，到社群、民族、国家、宗教等方面的种种冲突，其实都和人有关。如果大家能够成人，合乎人应该具备的仁，这些矛盾就不会出现。

那么，"学以成人"是要成为什么样的人？孔子告诉我们的是成为君子。虽然孔子也赞扬圣贤，但没提出那么高的要求。因为成为尧舜禹那样"博施于民而能济众"的圣贤很难，除了修德之外，还必须有很大的能力。普通人只要能修身，具备智、仁、勇，在德行、智慧、意志、能力及综合文化素质等方面健康发展，就能成为君子，能与家庭、社会、国家、天下和谐相处；否则就会成为小人，只会为满足个人的利益和欲望不择手段，无法与他人和谐共存，其家庭、社会、国家、天下的秩序就会大乱。

所以君子之学要从心开始，具备良好的道德素质，能坚持"仁以为己任"，处处为他人考虑。按照孟子的说法，"仁义礼智根于心"，我们能按仁义礼智的规范去做，社会自然和谐。仁义礼智从哪里来？不是外在神灵要我们这么做，也不是君王要我们这么做，而是我们自己内心的要求。我们根据自己内在的本心、本性去做人，既是为自我完善立心，也是"为天地立心"。

一个人如何才能"立心"？《大学》的格物、致知、正心、诚意；《论语》的操存、涵养；《孟子》的尽心、存性、体察、扩充；《中庸》的学、问、思、辨、行以及尊德性、道问学、极高明、道中庸等，这些修身功夫是先圣先贤在修身实践中的个人体悟、经验总结，在今天仍然可以成为我们立心立命的方法与途径。

早期儒学主要关注现世世界的事物，很少考虑超越世界或是死后的事情。但人生几十年很短暂，如何才能确定立德、立功、立言的不朽与永恒呢？在这些问题上，佛教思想对儒学构成了很大的挑战。所以儒学到宋代后，进一步强调超越的世界，强调立德、立功、立言的不朽与永恒，故而提出了"为天地立心"。从这个意义说，儒家的仁义礼智，不仅能建立当前的和谐世界，也和天地之理相通。而天地之理是永恒的，我们是根据永恒的宇宙法则做事，而不仅仅是人性和社会的法则。基于此，儒家就提出要做圣贤，既是心忧天下、关怀社会的入世者，也能达到天地的境界。

这样，追求立德、立功、立言的人，会因为其具有不朽与永恒的意义，使自己的内心非常快乐与平和。周敦颐告诫受学于他的二程（程颢和程颐）：要知道"寻孔颜乐处"。孔子和颜回面临事业、人生的挑战,身处困境之中,但他们为什么还很快乐?因为他们相信,自己追求的道德、事业、学术是与天道、天理相通的。这样一种信仰,正体现出立心和立命的巨大精神力量。早期儒家号召士人做君子,到了宋朝以后,儒家都说要做圣贤,如王阳明说满街都是圣人。佛教说人人皆有佛性,人人皆可成佛,人只是没有觉悟的佛,所以儒家也进一步说人人皆可成圣。

颜爱民教授:朱院长讲得非常精彩,我是专门出难题的,出两个问题放在这里。第一,我是学理工科的,感觉儒家讲的人生成就主要在一维空间,对于过去、未来的维度未必能解释圆满。比如有人问:颜回成圣贤,为什么那么穷?让人很纠结。第二,儒家所说的立功、立德、立言,和立心、立命是什么关系?比如从立功来说,岳飞对宋朝立功,对金国来说未必是功;《三国演义》中有孔明七擒孟获,而在云南孟获那边流传的是七擒孔明。再如曾国藩,对清朝功劳很大,扶社稷,把江山救了下来,但从另一个角度,他是镇压农民起义的刽子手。可见功过是相对的,又该怎么看待?我们先按对话的流程,请佛学高僧为我们讲解,到底怎么立心立命。

济群法师:朱院长谈到哲学大会"学以成人"的命题,我觉得很有意义,确实是时代的需要。儒家和佛法都是关于做人的学问,为什么要学做人?因为我们并非生来就是合格的人。立心,是通过对心性和道德的学习,引导我们认识心性,遵循道德,造就君子、圣贤以及佛菩萨那样的品质，那才是成人的最高标准。从某种意义上说，生命也是一个产品。造就产品的材料，是我们身、语、意的行为。身体和语言的行为显而易见，什么是思想行为？就是我们的起心动念。我们可能觉得，只要没做什么，自己想想还能有问题吗？事实上，所有思维都会形成相应的心理力量，保存在阿赖耶识中。它就像一个超大容量的硬盘，其中有我们生生世世的生命信息。

在座每个人都不一样，为什么？因为出身不同，生活环境、所受教育、人生经历不同，这些积累造就了我们的思维和言行模式，造就了当下的存在。如果继续往前追溯，还因为阿赖耶识的积累不同。由过去的行为决定我们的现在，再由现在的行为决定未来发展。所以说，学以成人不仅关系到今生，还关系到无尽的未来。

儒家是以君子作为生命产品的标准。怎么成为君子？必须遵循仁义礼智信、温良恭俭让。这些品行都要通过学习才能成就，但不是知识式的学习，而是改造生命的学习——我希望造就这些品质，所以要不断践行，才能从行为形成习惯，从习惯形成性格，从性格形成人格，从人格形成生命品质。

人性有两个面向。孟子说"人皆可以为尧舜"，也说"人之所以异于禽兽者几希"，说明每个人都有圣贤潜质，但也有动物性。佛教同样认为人有佛性，也有魔性和众生性。发展什么，就会成为什么。每个人过去生的积累不同，来到世界的起点各异，所以我们想成为圣贤乃至佛菩萨，要下的功夫也不同。有些人善根深厚，现在一学就很相应；也有人障深慧浅，学起来刚强难调，格外困难。

不论难易，都要从立心开始。这就必须了解内心由什么构成，自己有什么家底，其中哪些是需要发展的正向力量，哪些是必须克服的负面力量。每种心行都有它的对立面，仁义礼智信、温良恭俭让的反面，是不仁、不义乃至不让。只有充分认识心的两面性，才能有效地断恶修善；否则，人性中往往负面力量更大，就会占据主导，让生命走向堕落。法律就是为了制约人的劣根性，但这只是为人处世的底线，想要学以成人，必须在此基础上建立正向追求。

学以成人的不同境界

济群法师：佛教中，将人格追求分为三个层次。下等追求是遵循五戒十善，做到不杀、不盗、不邪淫、不妄语、不两舌、不恶口、不绮语、不贪、不嗔、不邪见，成为有道德的世间好人，类似君子。

中等追求是成为阿罗汉那样的出世圣者，不仅有高尚人格，还能彻底断除恶业，息灭贪嗔痴。尤其是痴，这是无始无明，轮回之根。由此才能开启智慧，成就解脱，对生命不再有任何迷惑，也不再被动地随生死流转。

上等追求是成就佛菩萨品质，既要完善自己，还要造福社会。从佛教来说，这种完善不仅是道德上的，关键是断除无明，进而帮助芸芸众生断除无明，成就菩提。佛菩萨的人格有两大内涵：一是通达生命真相，成就大智慧；一是帮助所有众生，成就大慈悲，不管对人还是动物，都能平等相待。这是佛教关于"学以成人"的三个层次，每个人可以根据自己的发心建立目标，付诸实践。

朱汉民院长：我刚才认真听了法师的话，非常高兴，特别是他从佛学角度，对"学以成人"这个儒家命题做了很好的诠释，提出佛教关于成人的三个境界。我曾在国学基金会讲过士大夫精神，早期的士大夫称为君子，内在德行必须达到很高境界；到宋代称为圣贤，不仅要有现实的德行和仁义之心，还要有天理、天道的超越，人心能和天相通。而最高的精神人格是把内圣和外王、圣贤和豪杰统一起来，就是指成就自我道德人格与造福人类社会结合起来。也就是说，最高的理想人格一定要将内在德性修养与外在的治国平天下结合起来。

颜老师刚才的问题非常好。儒学和佛学本来各有重点，儒学的种种知识与道德追求，最后一定落实在治世，即齐家、治国、平天下。庄子曾谈到孔子"六合之外,圣人存而不论",认为孔子所说的那些,主要关注的是君臣、父子、兄弟、朋友等家族与国家的具体事物,这些是属于有限世界的事物,从宗教角度来看,是俗世之事,不具神圣、永恒的意义。而佛学通过治心,追求神圣、永恒的意义世界,不同于现实的世俗世界。

当有人问到死后之事时,孔子的回答是"未知生,焉知死"。儒家认为,如果处理不好活着的事,为什么要去关注死后的事情呢?换句话说,他认为现实世间才是值得关心的,儒家最重要的使命,就是解决现实中物质生活、社会生活、精神生活的问题。因为他处在春秋时期,诸侯争霸,国与国之间连年打仗,时局动荡。他感到非常难过,希望通过恢复周礼而建立一个稳定的秩序。但当时的人都不按礼去做,导致社会秩序破坏,君不君、臣不臣、父不父、子不子。在这种情况下,他提出一套仁学理论,希望以仁义道德来补充礼。他号召士人成为仁以为己任的君子,以仁义精神、忠恕之道来重建社会秩序、救赎堕落的世界。

但我认为,孔子内心还是希望有一个最高主宰,就是说,他追求的仁义精神、忠恕之道还是具有神圣、永恒的意义。他曾经说过,"下学而上达,知我者其天夫"。也就是说,我们学以成人,首先是属于家庭、社会、国家等世俗的有限世界,怎么做人属于日用常行的下学,但通过这样的下学而可以上达于天,认为现实道德有超越的源头,人道来自于天道。儒家士大夫普遍相信自己的内在心性和天道相通。换句话说，人追求的仁义礼智信、恭宽信敏惠，虽是处理人与人之间的关系，但最后一定是天道的体现。孟子提出"尽心、知性、知天"，就是相信一切人均有的恻隐之心，其实是人生而有之的本性，所以尽心就能知性、知天。

宋代理学大兴，进一步以哲学体系解决了儒学人道与天道的结合问题。湖南道县周敦颐的《太极图说》提出一套儒家的宇宙论思想，他以无极而太极、太极动静、阴阳五行、万物化生等主张，确立"圣人定之以中正仁义而主静，立人极焉"。儒家通过主静的心性修炼，遵循中正仁义的人文准则，就不仅仅是人道，还是天道，是至高无上的太极。这样的话，就把心和天打通了。朱熹进一步完善了儒家的宇宙理论，说天地世界本来只有两个东西，一是理，一是气，所有人和物都由理和气构成。人性就是我们禀赋的天理，颜老师的理，我身上的理，都是同一个理，都来自于天理。所以，我们的心性就是仁义礼智信，它们具有永恒性和普遍性。我们服从本心的道德，就是顺应天理。

刚才法师说到宏愿，儒家到宋明之后，不仅对人间发宏愿，而且对天地发宏愿，所以推出"为天地立心"。这样就把儒家思想拓展了，从有限的时段拓展到无限，使家国的道德价值具有永恒的意义，贯穿于无穷无尽的天地之间。这样，内在的心和外在的天就打通了。

从因果认识天道天理

颜爱民教授：两位老师是真正的大家，我不是专业领域的，但现在研究人力资源，不得不研究这些，所以要学习，而且我是实用主义者，要为我所用。我谈一下学习心得，先体会朱院长说的。孔子作为早期儒教的代表，主要解决成人的问题，是基于当时混乱的社会背景，父子相残，兄弟相争，率兽食人，礼崩乐坏。当务之急是建立一套社会规则，就像法师说的，先把人天乘做好。否则按佛教的观点，就会堕落畜生道，甚至饿鬼道、地狱道。我查了佛家的时空观，地狱生存环境恶劣，而且一天合人间2700年，寿命长达千百亿岁，就是人间的万岁万万岁。孔子慈悲大众，先让大家成人，别落下去，以后再到更高水平。到宋明理学，儒家和佛学开始融通。"为天地立心"不是狭隘的空间概念，而是已经超越；"为万世开太平"也不是当下的时间概念，而是要对未来产生影响。

关于法师讲的，我的理解是，生命是无限的延续，我们的行为、语言和思想会不断积累。就像河流越流越长，越流越多，其中有清澈的水，也有各种杂质和污秽，由此呈现为不同的生命存在。用数学语言来理解，我们是过去函数的积累，是积分的过程。所以生命千差万别，有些人睿智，有些人愚钝；有些人漂亮，有些人丑陋；有些人仁慈，有些人残暴。多年前，我曾到长沙女子监狱为重刑犯讲课，其中有个很年轻的女孩，我问她怎么进来的，她很不经意地说，咔嚓就进来了。监管人员告诉我，她去偷东西被人发现，就把一家五口杀了。有些人杀只鸡都不敢下手，但她把杀人说得很随意，没觉得有什么罪恶。可见，人确实存在差异。

我大学学的是冶金工程，觉得佛教说的修炼和冶炼过程相似。矿藏中混合着黄金和杂质，冶炼就是去除杂质，把其中的金子提炼出来，达到一定纯度。修炼的炼字用火字旁，可能就是这个原因。人有自然人、社会人之分，我们被生下来，只是生物学意义上的人，但作为社会人是有标准的。

仁义礼智信、温良恭俭让是儒家关于君子的标准。这个标准的制定依据是什么？我的理解是，如果大家遵守这些规则，社会就能和谐发展。如果觉得没人发现，就把别人干掉，把财产抢走，社会就无法正常运转了。所以君子的目标是成为正常人，但高不到哪里，允许有正常的享乐，付出后得到正常的回报。再往上是去除生命中的一切杂质，超出六道，修成正果。这是炼的过程。

我讲了这么久体会，还是要提问题。请问法师，大家都觉得人道好，尤其是在座的，很多人物质条件不错，在外做点小官，吃点喝点，比较舒服，不愿再努力修炼，这算是对还是错？佛典告诉我们出家很好，是大福报，但问一下在座各位，有几个愿意出家的？怎么看这个问题？

济群法师：朱院长说到，儒家早期主要关心人道的道德伦理，到宋明理学开始关心天道天理。事实上，人道的道德建立非常重要。这种建立不是简单的认同，也不仅仅是知道怎么做，而是认识到遵循道德对自身的意义。只有这样，我们才能在任何情况下都坚定地选择道德，而不是被外在因素干扰，甚至见利忘义。

很多时候，我们虽然对道德有一份尊重，但只是将之视为来自社会的外在要求。如果整个社会重视道德，那么遵循道德就不是难事。但在崇尚财富、追逐享乐的环境下，如果我们不能认清道德的价值，是很容易被同化的。古人说"君子忧道不忧贫"，但现代人担心的只是钱不够花，根本不在乎道德为何物。关键正是在于，我们没有把道德和生命成长联系起来。因为这种脱节，道德就成了空洞的教条。

孟子的四端告诉我们，仁义礼智都需要基础，所谓"恻隐之心，仁之端也；羞恶之心，义之端也；辞让之心，礼之端也；是非之心，智之端也"。佛法也以惭愧作为道德基础，西方哲学则以自尊和道德对应，人出于对不良行为的羞耻，以及对人格的自尊，才会产生道德诉求。但这种惭愧心和自尊心并不是天生就有的，多数人要接受教育才能建立标准，并以此检讨自身行为。如果没有标准，就谈不上惭愧心，也谈不上自尊心。

从宋明理学的角度，通过修行可以致良知，体会天道天理。但多数人的境界离天道很远，单纯立足于天道倡导道德，会有一定难度，还是要和现实利益挂钩，从道德与利益、幸福、命运、心态的关系，引导人们认识道德的价值，依此为人处世，完善人格乃至生命品质。

今天很多人不重视人格，只在乎身份、财富、地位等外在名利。事实上，你是什么远比拥有什么更重要。因为拥有只是短暂的，人格才代表你的存在，对生命才有永久的意义。人格哪里来？来自身口意三业的积累。

从因果观来说，善行必然会招感乐果，带来利益和幸福。当然这个果不见得很快就能看到，从因感果是有过程的，要有缘的参与才能成就。但就像种子，假以时日，必然开花结果。虽然感果时间不定，但善有乐果、恶招苦果的规律不会变。儒家没有轮回说，因果就显得没有说服力。比如颜回这么好的人，却又穷又短命，谁愿意效仿？反之，有些人为非作歹，横行霸道，当下似乎还很如意。所以单纯从现世看，不能有效解读道德的价值，只有从三世因果才能说清楚。

但现代人往往不信轮回，所以我侧重从心灵因果来解释。道德是代表健康的心理和行为，如果我们遵循道德，就会构成正向积累，有益生命成长。当你是这样的存在，本身就很容易幸福。我们应该有这样的经验，做了好事之后，内心会感到很快乐，同时也能得到他人的认可和尊重,对自己是一种正向激励。反之,如果你心态负面,行为恶劣,非但不会幸福,还会让周围人遭殃。由此可见,我们希望心安理得地活着,希望有更好的未来,现在就要遵循道德。这是从果来推导因,弥补了单纯强调道德的不足。

回到颜教授的问题,佛教并没有要我们都放弃现实生活,出家修行,也鼓励大家做健康的、有益于社会的人。至于想要获得世间利益,只要通过正当手段得来就没问题。问题是,人并不是解决生存问题就可以了。动物吃饱了就在玩耍,人却会制造烦恼。有道是"家家有本难念的经",不少人表面风光,其实却有焦虑、抑郁等种种心理问题。在物质条件极大提高的今天,心理疾病患者也与日俱增。为什么会这样?解决之道在哪里?怎么加以预防?

除了当下的生活,有些人还会思考生死、生命意义等永恒的问题。如果人生所有努力都立足于有限性,百年之后,生命的意义在哪里?找不到终极意义的话,现实中的一切价值何在?在你活着的当下,可以说它是有价值的,当你离开世界后,价值又在哪里?不必说人终有一死,即使地球也是要毁灭的,意义又在哪里?世间之所以会出现哲学和宗教,就来自这些终极追问——我是谁?从哪里来,到哪里去?人为什么活着?宋明理学之所以要解决这些问题,就是因为不解决的话,儒家作为哲学体系来说是不完整的。

至于有些人安于现状,不愿努力修行,其实是认识问题。有道是"人无远虑,必有近忧",如果不解决生命问题,我们只是在世间随波逐流。虽然风平浪静时会有暂时的安乐，一旦波浪现起，我们又被卷到哪里？知道方向吗？能自主吗？可以说，修行就是我们在世间的自救之道。看清这一点的话，我们还不愿努力吗？

朱汉民院长：法师提到一个非常好的问题。我的兴趣是儒学，非常赞同儒学的价值系统，必须再从儒学的角度回应。首先是德和福的问题。道德的依据是什么？佛教有个非常重要的观念，即因果报应。我在世上的福祸是自己不断积累的结果，我做了善事会得到回报，做了坏事要受到惩罚。积善也好，积恶也好，因果报应会无限延续。由于这个理念，我们愿意做善事，不愿做恶事。在这一点上，几乎所有宗教都是相通的。

有人认为儒家不是宗教，就在于儒家没有灵魂不死、因果报应的观念。我记得德国哲学家康德谈过德和福的问题，说一个人做了好事最终能得到回报，但必须有两个前提：一是灵魂不朽，二是有一个上帝主宰赏罚。只有建立起这种信仰，才能解决因果报应问题。儒家士大夫虽然相信有一个主宰性的天，但并不依赖天来解决德和福的关系，即不是祈求天来主宰人世间对善恶的赏罚。确实，儒学总是以善作为最重要的价值，鼓励人们的道德修炼以成为仁德之人。那么，人做好事到底应不应该得到回报？如果好人得不到回报，反而是做坏人总能得到好处，人为什么要做好人？

儒家的思考和解决方式首先体现在《周易》。《周易》作为群经之首，原来其实是卜筮之书。古人为什么要算命？因为不知道未来的吉凶得失。这次打仗是赢是输？这件事是能做还是不能做？心里都没底。但他们相信神知道结果，或者能主宰结果，所以通过卜筮求诸神灵。他们就算一卦，希望神能指点迷津。但古人逐渐发现了一些规律，吉凶得失的结果往往与本人的努力程度相关。

我们的人生本来就处于吉凶祸福交替无常的变化之中，那么在这种变动无居的社会人生中，如何把握不可捉摸的吉凶悔吝的后果呢？人应该怎样正确选择合宜的行动方案呢？《周易》经传中的大量义理就是告诉我们，吉凶祸福的过程与结果，其实与我们的德性、智慧密切相关。比如你抽到任何一卦，可能是吉，也可能是凶。但吉和凶是可以转化的。我们在世间做任何事，如果坚守自己的德性与智慧，就可以把握局势，逢凶化吉，劣势可以变成胜势。可见，《周易》基本上肯定了德与福的关联性，有德即有福，这是儒家的一个重要思想。

但在现实生活中，好人未必得好报。有些人善良、勤劳、诚恳，可突然得了暴病，英年早逝；也有人坏事做尽，却尽享人间富贵快乐，所以人们常说老天不公。《周易》作为儒家经典，已经将做人的道理哲学化、理性化，那它怎么回应和解决这一问题？许多儒家学者也在思考这个问题。刚才讲到，颜回品德很高，却"一箪食，一瓢饮，在陋巷"，那他值不值？为什么要那么做？包括孔子自己，有理想，有志向，以追求仁道仁义为己任，但最后周游列国时没人理他，嘲笑自己如丧家之犬。虽然结局那么差，孔子还是乐以忘忧，还反复强调颜子也活得非常快乐，但很多人并没有仔细思考这个问题。

到了宋代的儒家，如范仲淹告诫张载"名教自有可乐"，周濂溪启发二程"寻孔颜乐处，所乐何事"，他们的问题意识、哲学思考其实最终都指向德与福的问题。一方面，儒家认为道德能带来福报，因为道德能给他人、社会带来利益，最终也会给自己带来好处，这就是"我为人人，人人为我"。另一方面，道德可能不一定给我本人带来好处，做了好事得不到回报，这怎么办？儒家倡导的孔颜乐处的乐，其实就是他得到的福报。有个词叫作心安理得，我服从内心的德性做事内心就安，否则心就不安。这个安非常重要，如果你做了坏事没有得到惩罚，但内心每天惶恐不安，其实已经受到惩罚，不需要来世的惩罚。做好人好事也是同样，会让自己像孔子、颜回一样感到充实而快乐。

所以儒家对德与福的问题有两层理解：一层是做了善事，应该有现实的因果报应，在现实社会中得到利益回报，如一个讲诚信的商人可能会赚更多的钱；另一层是虽然没有现实利益，但我会为自己的善良德性而感到快乐，其实这也是回报。我有一个朋友从政，我问他从政的最大快乐是什么？他说，当我做了一件利国利民的好事，如果大家认同我的努力，我会发自内心地喜悦。其实这就是对德行的回报，不一定要有其他的利益回报。

法师说到，如果不解决生命永恒性问题，劝善的效果就不会那么好。确实，儒家没有借助生命的永恒性来劝善。但是，儒家确实有生命永恒的思考和看法，其生命永恒的思考深化了德与福的思考。回到张载立心立命的话题，其立心立命是以《西铭》为宇宙观、人生观的基础，他说："乾称父，坤称母，予兹藐焉，乃混然中处。故天地之塞，吾其体；天地之帅，吾其性。"我是天地所生，天是我的父亲，地是我的母亲，我可以将这个世界看作与我息息相关的存在，虽然小我没了，但大我永远存在，天地永远存在，还有子子孙孙不断延续下去。这是儒家的宇宙观，同时包含儒家的价值观、人生观。中国人重视孝，孝是什么？就是你的生命一代代传递下去，生生不息，其实这就是生命的永恒性。孝即是一种世俗的道德，但是孔子把世俗变成神圣，把有限变成永恒，孝敬父母和祖先其实就是维护生命的永恒性。可见，儒家德行与生命永恒性也是息息相关的。

立心立命的继承与创新

颜爱民教授：我在想，佛家为什么能在历朝历代，那么长时间被推崇？儒家更不用说，本身就是国家主流的文化体系，也是治国的主政工具。它们对民众的作用是什么？我在衡山观察过拜山的人，大体有两类：一类大富大贵，一类特别贫苦，背个红袋子一路拜。最不信的就是我们这个群体，还过得去，又不是大富大贵。为什么会这样？我个人理解，大富大贵者最怕突然来个灾难，失去富贵，所以到寺院求菩萨保佑。寺院先接纳，回头再加以引导，让他明白富贵是因为过去做得好，过去因是现在果。如果想继续维持，现在就要做好。让这些人不要为富不仁，恣意妄为。而对最贫苦的人来说，过去实在活不下去时，就会杀人越货、造反起义。佛教告诉他们：因为你过去做得不好，才有今天的果。如果想以后过好，现在要努力做点好事，前途才会光明。这样让双方都有期待，有希望。

儒家之所以在过去特别有力量，是因为人们的欲望没那么复杂，容易受教化，良知容易被激发。但现在的人已经把最深层的欲望激发出来，良心太坏，再讲孔颜之乐就觉得没有吸引力，大家还是觉得喝酒更乐，赚钱做官更乐。怎么解决这个问题？我认为应该继承和创新。

我是自然科学背景的，现代科学有个说法比较热，认为整个自然是一体，所有的言行思想，一定会在自然系统留下印迹，相当于佛教讲的阿赖耶识储存种子。比如我现在讲话，摄像头把我的声音和形象留下印迹，以后还能回放。其实自然本身具有记录功能，科技产品只是自然规律的提取物，但它做得还不到位，比如我在想些什么就录不下来。但在大自然中，所有一切都有记录，都会留下印痕，消都消不掉。

经济学有个观点是"人无恒产，必无恒心"。为什么会出现产权？中世纪，英国的圈地运动最为典型，起源是在公共牧场，大家为了自己多得利，把羊越养越多。结果过度放牧，使牧场逐渐荒漠化。后来就让大家跑马圈地，使牧场归自己所有。这些牧场主就不再过度放牧，因为土地荒漠化之后要自己负责。还有个例子，当年集体生产时，效率很低，包产到户后效率就很高。这是通过产权归属来解决问题。

同样的道理，如果人知道要为自己的所有行为承担责任，看到这一切是包产到户的，做得好有好的果，做得不好也必须买单，就不会恣意妄为，道德才会有力量。我理解的生命，应该是一团无形的能量信息。按佛教的说法，肉体只是一座房子。看到这一点，大家才会持续地考虑，如何洁净自己的生命品质，行为必然有所顾忌。但用什么方法我没想到，这是两位大家的事。

济群法师：朱院长前面讲到天，这个概念也值得进一步探究。西方关于天的概念是上帝。早期的上帝就是人格神，是有意志的。但基督教接受西方哲学后，这个人格神多少在和宇宙规律统一。在中国早期，周天子时讲到的天，应该也是有一定意志的。到宋明理学讲的天，则是属于一种规律，是作为自然存在的天理、天道。

关于这个问题，佛教有不同观点。首先，否定世界有主宰神的存在。从生存处境来说，所有宗教都推崇天堂，认为是理想去处。但佛教认为人道比天堂更好，为什么呢？因为天堂是享乐之地，如果耽于享乐，就会不思进取。但天堂并不是永久居处，福报享尽之后还会堕落，当畜生、下地狱都有可能。而人的生存处境有苦有乐，而且人有理性，会为离苦得乐而努力，会不断探索自我和世界的真相。所以佛教特别看重人的身份，认为真理和智慧属于人间，终不在天上，就是因为天人没有探索的动力。

我们知道，西方在经历中世纪长达千年的神权统治后，由人本思想带来文艺复兴，强调以人为中心，重视个人价值的实现。其实，佛教的诞生背景与此相似。印度宗教发达，并以神本的婆罗门教为主流，至今已有三千多年历史。而佛教正是出现在反神本的思潮中，提出以人为本，认为人可以通过修行改善生命，这个身份更为可贵。

此外，佛教强调因缘因果，认为"善有乐报，恶有苦报"属于宇宙规律，是缘起的，并不是由神在主宰。也就是说，一切果报都是以身口意三业为因，并以各种条件为缘共同产生的。在此过程中，当因和缘发生变化，结果也会随之变化。所以每个人都可以通过修行把握命运，这是真正的"我命由我不由天"。

讲到人心和天心，回到那四句话：天地到底有没有心？人能不能为天地立心？如何为天地立心？关键是认识到，人心和天心是统一的。关于这个问题，宋明理学也有说明，认为"吾心即宇宙，宇宙即吾心"。并不是说，人心以外有一个天心，也不是在天心以外还有人心。这个统一的心，是大心。当然作为人来说，确实有属于自己发展而来的个体的心。二者如何统一？

在印度传统的《奥义书》中，有个概念叫"梵我一如"，认为宇宙是大我，就像大海；个体是小我，就像泡沫。修行就是让泡沫回归大海。禅宗修行也强调回归本心，所谓"菩提自性，本来清净，但用此心，直了成佛"。现在倡导"不忘初心"，从佛教见地来说，初心就是本初的心，是我们本来天成、生而有之的心，这个心和宇宙是统一的。在这个意义上说，"为天地立心"就是找到自己的心。立足于这个根本，我们才能重新建构生命的缘起。这是遵循宇宙的规则、因果的规则，不是神的意志。

至于如何体会"孔颜乐处"，这是一种精神境界，有些人理解起来确实困难，因为他还不在这个频道。从佛教来说，每个人都有觉性，当觉性未被遮蔽时，就能源源不断地产生喜悦。就像一个人没有被欲望左右，也没有烦恼、压力、焦虑时，是很容易快乐的。这种快乐不是因为物质享乐或得到什么，而是来自清净心，是由安住内心宁静感受到的。当然，我们平时体会到的清净之乐还不稳定，而且很有限。因为凡夫心是不稳定的，需要通过修行来调心，因为心才是快乐的源头。如何完成从人心到天理、从人道到天道的过渡？必须下一番功夫。宋明理学有很多相关修养，佛法也给我们提供了具体指导，尤其是禅修，通过空性正见，引导我们超越二元对立的世界，直接体悟人心与天理不二的真相。

朱汉民院长：中国本身有儒学和道家，而佛学传入中国后，完成了本土化的转型，在中国成为主导性的宗教。儒释道三家有很多相通之处，比如基督教需要最高的神来赏罚人类，而儒家和佛教都不是这样，其思考起点是立足于人，而且希望靠人从自己身心下工夫来解决问题，人文性非常突出。所以说，心性之学既是儒、道之学的理论核心和修行重点，也是佛教思想的基础和核心。

如何成就自己的内在人格？中国文化强调应该从内在心性下工夫。关于这一点，儒佛道三家既有各自的追求，也有相通之处。所以佛教传入中国后，到唐宋发生了很大变化，完成了中国化的转型。学术思想史界专门研究了唐宋佛学的重大转型，其突出表现就是入世化、世俗化。六祖惠能之后，佛教已经把修行和日常生活连为一体。上个月我到泰国，发现他们的僧人到今天仍然靠信众供养，就像原始佛教在印度时那样，僧人是靠信众供养的。但中国古代的僧人主要靠自己劳作，他们往往在劳作中修行，并不总是静静地坐在那里念经。我认为，这种转向和儒家文化相通。儒家讲"日用常行即道"，而佛家讲"劈材担水，无非妙道"。

当然，儒佛之间往往是相互吸收。如果说佛教在唐宋后更注重入世性，那么儒家到宋代则增强了出世性，所以两者的相通之处更多，虽然其最终目标确实不同，起到的社会作用也不一样。我常说，在其他文明中只有一种宗教主导，有两种就会打架。但中国传统的儒释道和而不同，非但不打架，还能在相互交流中吸收对方的长处。儒释道的发展过程，满足了精神对文化多重性的需求。

　　回到天的问题，儒教信仰天，特别强调天，这也是中国文化的重要特点。外国人碰到麻烦会说"Oh my God"，而中国人一定喊"天，我的天啊"。几千年来，这个天在中国人的精神世界中占据了主导地位。如果我们进一步考察，会发现天的具体内涵其实在不断发生变化。上个月在岳麓书院召开基督教和儒教的研讨会，主题是"天命与上帝：中西比较与儒耶对话"，我专门写了一篇文章谈天的演变。

　　上古时期中国人的天就是人格神，和西方的上帝一样。这种人格神在民间有很大意义，大家相信天能赏善罚恶——你做坏事，天会惩罚你；做好事，天会奖赏你。到后来，天又演化出天道与天理。在天道与天理的概念中，天成了形容词，形容的对象是道与理，相当于古希腊的逻各斯。天道的思想在春秋战国时期就大量出现，道家、儒家都讲天道，这时的天不再是人格神，而是人文道德、自然法则。

　　所以我认为儒家主要是一种人文信仰，特别是宋儒，更加强调"天理"。他们的"天理"主要是人文之理，即体现为道德规范与典章制度的"分殊"之理。但宋儒还强调，具体的人文之理还可以统一于"天理"。天理是最高的理，强调了它是宇宙天地的主宰。宋儒的理是人文之理，但又吸收了道家的自然之理。其实不管人文之理也好，自然之理也好，所谓"天理"都是能主宰、支配世界的"道理"。宋儒继承了传统儒家对"天"的信仰，但强调对人文之理、自然之理的理性认知，所以说是人文信仰的强化与建构。

虽然中国人文理性兴起比较早，宗教观念相对比较淡，但是对天的信仰一直保留了下来。在精神层面上，儒家的孔颜乐处其实就包含着"知我者，其天乎"的精神信仰。孔子、颜回是对儒家天道天理的坚定信仰者，所以他们内心才会因人文理想而乐，才会心安理得，哪怕暂时受到不公正的待遇。

颜爱民教授：大儒和高僧一起论道，还可以论上几天几夜。过去麓院的记载是三天三夜，不过两位高人交流的概率还很大，我们以后再论。下面进入回答环节。

问　答

1. 人生最大困惑

问：很高兴听到三位大师的讲解，受益匪浅。我是国学班的学员，觉得人最大的困惑就是生死。随着年龄增长，经历更多，也见证了很多同事和亲戚朋友的去世，这时就会问自己：活着到底有没有意义？这个意义是不是随着死亡而消亡？有研究说，人有生死轮回，有灵魂，但也有很多争议。到底有什么途径解决生死困惑，让我们活得更充实，更有意义？通常的途径有两个，哲学的智慧和宗教的信仰。颜老师、朱老师是研究哲学的，济群法师是学宗教的，希望能得到解答。

济群法师：说到生死问题，必须关注生命的无限层面。如果仅仅停留在有限性的认识，我们一定会面临——死了到哪里去？人为什么活着？生命的意义是什么？刚才说过，地球最后都会毁灭，那人类经历过的这么多，虽然当下都有意义，但终极意义是什么？这就必须探讨生命的无限性，只有了解"生从何来，死往何去"，才能找到人生意义。轮回思想正是对此做出解答。

我们现在的思考多半立足于今生，儒家思想也是侧重现实，告诉我们怎么过好这一生。而佛教是立足于轮回，探讨生命如何从过去到现在，进而走向未来，是从整体而非局部看待生命。在苏州西园寺举办的"戒幢论坛"中，佛教界和心理学界曾就"死亡焦虑"的主题深入探讨。我在会上讲了"《心经》的生死观"，介绍佛法如何看待生死，解决死亡焦虑。如果我们相信轮回，知道今生只是生命长河的片段，死并不是最终结束，还有生生不已的未来，对生死就不会那么焦虑了。

入世也是同样。儒家的入世在于这一世，而佛教的入世包括现在，也包括过去和未来。我们不仅要为今生负责，更要为来生负责，这才是人生的意义所在。如果我们有信仰，能遵循因果规则，积极行善，杜绝恶业，就不会恐惧死亡了。因为我们已为生命的正向发展做出努力，这个因必定会带来乐果。除了在认识上接纳死亡，我们还能通过修行获得生死自在的能力。佛教历史上，很多祖师预知时至，坐脱立亡。之所以能这样，是因为他们已证悟空性，知道生死就是不生不死，对去处是有把握的。如果要解决死亡焦虑，离不开宗教信仰和人生智慧，也离不开自己的修行功夫，这样才能对未来做出正确的努力。

朱汉民院长：这个问题必须请法师回答，因为宗教最重要的功能就是解决生命忧患。当然人生有很多问题需要宗教解决，但生死是其中最大的问题，西方叫作终极关怀。可见，这个追问是宗教产生的根本原因。

我谈谈个人的体会。说实话，我和你一样有生命焦虑。我过完四十岁生日以后就常常思考：如果一个人能活八十岁，我已经活过一半了，就像一支蜡烛燃了一半以后，剩下的蜡烛只会更短。我还记得六十岁时同事同学要为我贺生日，我对大家说：其实过生日是我最烦恼的事，你们还来祝贺我。这也是内心深处的生命焦虑。当然我也希望生命长存、灵魂不朽，希望哪个宗教能帮助我解决生命焦虑。但我又受过太多的科学教育，这是根深蒂固的，很难相信灵魂会不朽。所以,生命焦虑看起来就是我们的无解难题,除了宗教的解决方案之外,儒家能提供什么解决方案呢?

刚才法师有个比喻非常好,说生命就是大海,今生只是呈现的一朵浪花。浪花是很短暂的,不管它多么美妙,高达几米甚至几十米,最后还是会落下,重新归于平静。我认为这个比喻其实和儒家思想相通,张载《西铭》为什么说"乾父坤母"?就是希望引出"天地之塞,吾其体;天地之帅,吾其性"的万物一体思想。这种万物一体的思想境界,既可以引申出"民吾同胞,物吾与也"的博爱道德,也可以引申出"存吾顺事,殁吾宁也"的生死自在。

可见,儒家的生死智慧可以让我们对来到世上感到万分荣幸,而对死亡又表现出一种精神上的自由豁达。因为死亡只是作为个体的自我回归本原之气,就像浪花回到大海。个体小我是短暂有限的,那个大我却是永恒无限的,我还会存在于新的浪花中。可见,如果我们能够转变观念,不执着于个体小我的浪花,小我的浪花没了,但我只是回归大我的大海,大海又会形成许多浪花,这就是"存吾顺事,殁吾宁也"的生死自在。我常常用这些思想解答自己的生命忧患,现在用这句话来安慰你,不知有没有用。

2. 如何让心安定

问:佛教说,因戒生定,由定开慧。《大学》也说:"知止而后有定,定而后能静,静而后能安,安而后能虑,虑而后能得。"我从小就没定性，没耐心，对什么事都是三分钟热度。很想知道怎么才能让自己有定力？我参加三级修学，法师说要观察修和安住修。观察修有时能做到，但要安住在某个状态，我觉得太难了。怎么办？

济群法师：定不仅能让人安静下来，还能开发智慧，所以佛教把禅定作为修行的重要内容。现在人们只要带着手机，就不停地刷着，直到手机彻底没电才肯放下，根本没时间和自己相处。不像过去，人们多少有时间静一静，哪怕是被迫的。现在的人为什么普遍觉得很累？除了各种压力，更是因为我们没有休息能力。

怎么修定？离不开戒的基础。说到戒，我们通常觉得只是很多约束。其实戒是帮助我们建立简单、健康、有规律的生活，为修定营造心灵氛围。如果心复杂、混乱、毫无规律，怎么可能生定？所以要持戒，行为清净了，心也会随之清净。在此基础上，还要通过特定方法修定。

在三级修学中，主要通过观察修和安住修，从而改变观念、心态和生命品质。每种品行的获得，首先要在观念上接受。比如我们实践仁义礼智信，就要充分了解这些德行对自己的好处，并结合现实人生不断思维，通过百千万次的思维和确认，让这种心行成为自己的常规心理。然后把心安住于此，持续、稳定地保持这个状态，本身也是定的训练。包括对出离心、菩提心的训练，同样要通过思考、观察、确认，对这种心理做出选择，然后不断练习。

当然佛教中修定的方式很多。最基础的还有训练正念，吃饭的时候专心吃饭，走路的时候专心走路，坐着的时候专注自己的呼吸。通过这些训练，让心逐步安静，座上禅修就容易相应。有了定力之后，才能进一步导向观，使内在的智慧光明呈现出来。

3. 平常心和进取

问：现在很多人学国学，想保持平常心，这样会不会失去上进心？是不是和立志、立心、立命矛盾？什么才是真正的平常心？

济群法师：国学包括儒释道，主要引导我们如何做人。儒家是从君子到圣贤，佛教是成就佛菩萨品质，这都要从立志开始。儒家说志当存高远，佛教则是发菩提心，建立崇高愿望，成为能利益众生、对社会有担当的人。

有了愿望之后，一方面要修身，遵循做人的道德和行为准则，一方面要培养造福社会的能力。从佛教来说，菩萨要从五明处学，包括医方明（医学）、工巧明（科学技术和艺术）、声明（语言文字学）、因明（逻辑学）和内明（佛法）。凡是能利益众生的事，都要努力学习。可见并不是学了国学或佛学，就什么都不做了。

现在有个概念叫"佛系"，好像信佛了，四大皆空，什么都无所谓，都不当一回事。其实这是对佛教的极大误解。真正的学佛要勇猛精进，为了上求佛道、下化众生，甚至连生命都能舍弃。就像佛陀在因地修行时的舍身饲虎、割肉喂鹰，还有玄奘西行的求法精神、鉴真东渡的传法愿心，都需要超乎常人的努力和大无畏精神。

但在精进的同时，又不能执着。这不仅是学佛必须具备的素养，也让儒家士大夫向往。所以很多儒者都喜欢诵读佛经，谈空说有，使自己在积极入世的同时保有出世的超然。《金刚经》中，就将出世和入世统一起来。菩萨要发阿耨多罗三藐三菩提心，要修习六度、庄严佛土、度化一切众生，但在利他过程中始终伴随两种提醒。一方面告诉我们，不要因为做事增长执着，陷入自我的重要感、优越感、主宰欲，而要无我相、无人相、无众生相、无寿者相。另一方面让我们学会放下，每说一件事都以"所谓、即非、是名"的三段式加以总结。比如布施，告诉我们布施只是条件关系的假相，在空性层面，一切了不可得。如果离开各种条件，根本没有布施这个行为，更不需要执着。

这正是世人最容易出现的两个问题。如果做的过程中很执着，就会特别辛苦，而且很难客观看待问题；如果做了之后很执着，就会患得患失。所以问题不在于做，而在于执着，这才是真正的苦因，是必须断除的。如果放下执着，在做事中体会无所得的智慧，在现象的当下认识其空性本质，做了和没做一样，了无牵挂，才是真正的平常心。这种平常心是建立在甚深智慧和修养之上的，并不是什么都不做，和立志是不矛盾的。

4. 怎样获得幸福

问：有句古话叫"万里江山不是皇上的，是闲人的"。这个闲人不是游手好闲，是没有心事和压力的人。如果从小我来讲，我觉得不需要立心、立命，也不需要立德、立功、立言，我就要现在和未来的幸福，要家人幸福、朋友幸福、大家幸福。比如古代的岳飞、曾国藩等仁人志士，既立德也立功，但我看他们过得根本不幸福。我想问的是，要获得幸福，必须立心、立命、立德、立功、立言吗？如果没有这些发心，会不会获得幸福？或者还有其他途径能让我获得幸福？

朱汉民院长：不管什么身份，在什么历史境况下，追求幸福是每个人的目标。但幸福的模式差别很大，有时皇帝坐在龙殿不幸福，但乞丐坐在路边可能很快乐。所以说，幸福其实是自己的感觉。人是有幸福意识的动物，这个意识包括两点：首先提出目标，人在世上会提出无数目标，哪怕不懂事的婴儿，饿了就哭，不舒服也哭，他的目标就是要吃，要解除痛苦。如果抽象地谈幸福，是没办法解答的；其次是实现目标，幸福感就体现在实现目标的过程中。

至于立德、立功、立言，说实话，提出这些目标的是社会精英，是中国传统社会中地位较高的士大夫，他们的社会条件不一样，受的文化教育不一样，生活目标当然不一样。但对普通百姓来说，只是靠劳动养活自己，养活家人，确实没必要提那么高的目标。必须有一定条件，才能造福社会而立功。比如你做了县委书记，数万的家庭幸福与你息息相关，必须让人民安居乐业；或是你做了董事长，必须解决企业内部许多问题，这是不得不承担的责任。这些算是立功。如果给你掌握很多公共资源，拥有很大权力，结果游手好闲，大家肯定不满意，你对自己也不会满意。

即使你是普通人，并没有地位和资源，但也可以立心立命。作为普通人你要养活自己，还要让家人幸福快乐。当你满足物质需求以后，马上会有进一步的目标，比如追求知识，追求艺术，必须满足精神层面的需求时才会幸福。做到这一切，就是立心立命。所以不要简单地谈幸福，要结合具体情况。每个人的定位不同，目标不同，获得幸福的途径也不同。

济群法师：能"为天地立心，为生民立命"的人确实不多，但对每个人来说，至少要为自己立心立命。简单地说，立心就是建立正向心行，立命就是规范自身行为，成为有爱心、有道德的人。

说到幸福，我们关注更多的是物质。但作为生命的存在，其实有物质和精神两个层面。现在不少人很富有，却不幸福，问题就是精神的贫乏甚至堕落。我们需要审视自己，建立健康、慈悲的心理，以及自利利他的道德行为。这些心行当下就能为我们带来幸福，同时也能为未来生命持续地带来幸福。所以普通人也可以从自己的层面立心立命，当然，这和四句教的境界是有距离的。

颜爱民教授：时间关系，我们不再继续讨论了。人民有信仰，

国家有力量，民族有希望。中国文化博大精深，我们通过这样的交流融会，就能创造性地理解并运用中华优秀传统文化，达到推陈出新、返本开新的效果。感谢敬爱的济群法师和朱院长，感谢大家。

传统文化与现代教育
——与中科院院士朱清时对话

如何让生命更美好

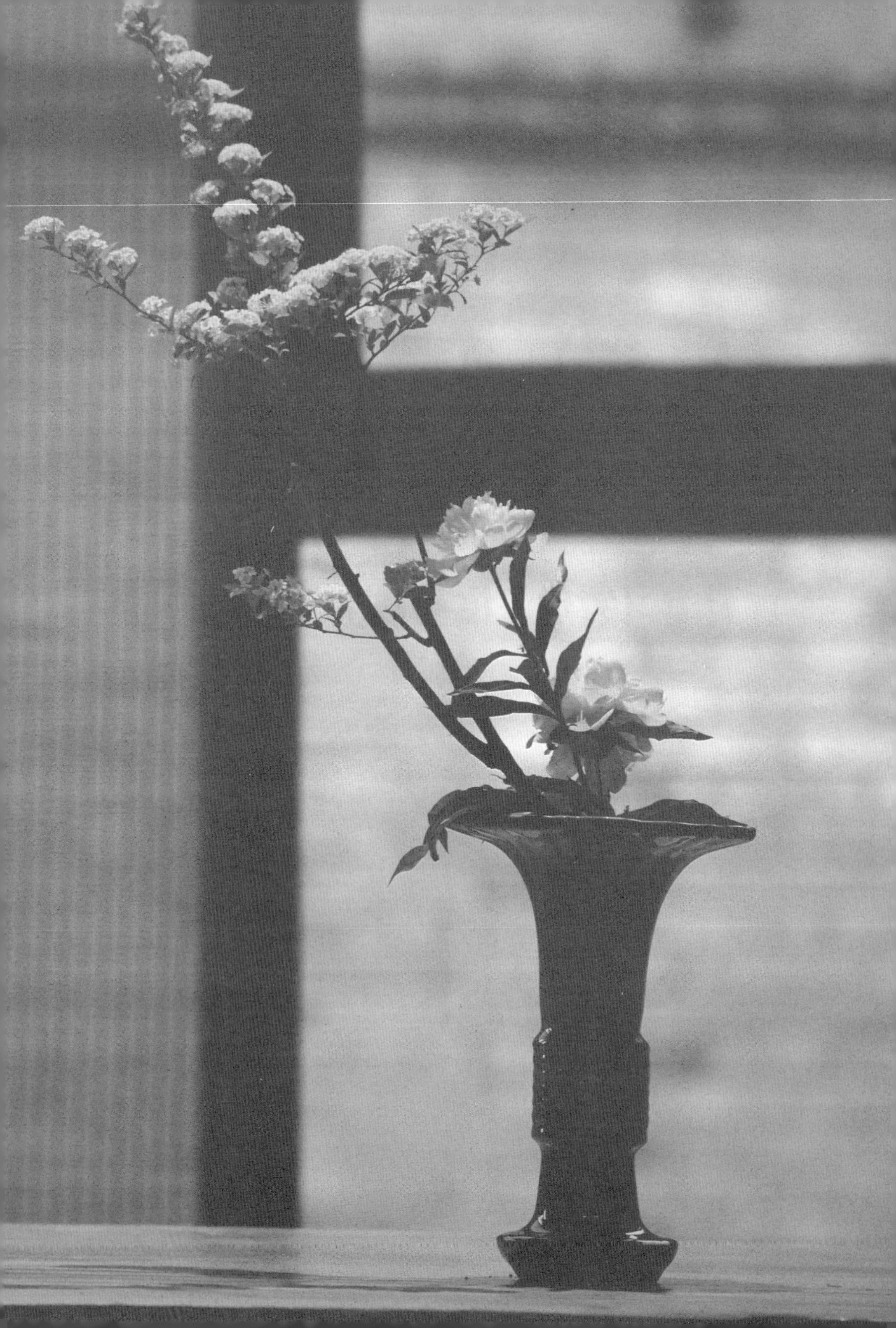

2013年10月，中国科学院院士，南方科技大学创校校长朱清时和戒幢佛学研究所所长、菩提书院导师济群法师相聚深圳，围绕中国传统文化和现代教育等问题展开对话。朱清时院士本身是科学家，从事高校教育工作多年。济群法师长期从事佛教教育，积极面向社会弘扬佛法，并针对学佛普遍存在的问题施设三级修学，引导大众由浅至深地次第闻思，将法义落实到心行。来自不同领域的一席谈，相信会给大家带来启发。对话由张素闻策划并提问，善生根据现场录音整理。

教育的根本是什么

主持人：二位都是从事教育工作多年的教育家，你们觉得教育的根本是什么？

济群法师：教育的根本应该是做人，引导大众成为有智慧、有道德的人。人有不同层次，对普通人来说，就是做一个好人。关于这个问题，儒家的标准是遵循五常，佛教的标准是遵循五戒十善，止恶行善。进一步，儒家的要求是成为君子乃至圣贤，佛教的目标是转迷为悟，从迷惑走向觉醒，成为佛陀那样的觉者。这是佛教教育的根本所在，也是佛教不同于其他宗教和哲学的殊胜之处。

朱清时院士：我完全同意法师说的。我曾把南怀瑾老师对我们说的话写成条幅——教育的根本是学会做人。一方面是做有智慧、有能力的人；一方面是做有道德、有爱心的人，对社会有担当，有责任感。这样才是具有全面素养的人，也是教育培养的目标。

主持人：古人的教育是成人之教，成德之教，儒家的要求是修身、齐家、治国、平天下，怎样才能具备这样的人格品质？

济群法师：中国传统儒释道的教育属于生命教育，是从观念、心态的改变，达到生命品质的改变。这就必须正确认识生命，知道当下的现状是什么，所要达到的目标是什么。方向明确后，接着是怎么做。儒家是从正心、诚意、格物、致知，而能修身、齐家、治国、平天下。简单地说，是从如何做好一个人，到建立和谐家庭、理想社会。

佛教的常规途径是修习戒定慧。其中，戒是通过对行为的约束，建立简单、清净、健康的生活方式，为修行营造心灵氛围；定是通过对专注的训练，摆脱混乱、昏沉，由心一境性成就定力，为发慧奠定基础；慧是通过修习观禅开启智慧，证悟心的本质，由此体认生命和世界的真相。除了常规途径，菩萨道修行还有一些特殊方便。

朱清时院士：学会做人，主要是学会克服私欲，培养对整个人类和社会的爱心。如何做到这一点？首先要认识到人生究竟是怎么回事。如果没有想清楚，只是想着持戒，克制自己，是很难做到的。在中国文化中，儒释道三家的主要源流相通，都讲到学会爱人。孔子倡导的仁，就是在学会爱人之后，学会爱整个社会，知道生命的价值是为社会做贡献。这样的人有了能力之后，才会有担当，真正发挥正能量。

立志和发愿的重要性

主持人：儒家讲立志，佛家讲发愿，因为所有事都要先有一念心，才会有行为。我们应该怎样立志和发愿？对普通人来说，有没有天命或使命之说？

济群法师：立志和发愿直接关系到生命的发展方向。凡夫生命是由一大堆错误想法和混乱情绪构成的，如果缺少高尚目标，我们就会跟着感觉，被不良串习左右。所以儒家强调立志，志当存高远，让我们站在更高的角度规划生命。佛教重视发愿，菩提心就是最高的愿望，不仅自己追求觉醒，还要像佛菩萨那样自觉觉他，引导众生走向觉醒。

但这种立志和发愿容易流于空洞，很多人会觉得：我为什么要立志，为什么要发愿？如果认识不到这么做的重要性，即使人云亦云地说一说，也会流于表面，知而不行。这就涉及另一个重大问题：人为什么活着？只有看清这一点，知道人生价值来自哪里，知道这些高尚志向和愿心对自己的重要性，才能通过选择确立方向。在此基础上的立志和发愿，才是真切而充满力量的。

至于天命的问题，说起来似乎有些抽象，有些形而上，但从轮回的角度看，每个人都是带着生生世世的积累来到世界的。有些人过去生就充满济世悲心，带着愿力而来，本身起点就高。比如玄奘少年时已立志"远绍如来，近光遗法"，可谓振聋发聩。不过我们也不必气馁，他们之所以有这样的使命感，并不是天选之才，而是源于自己的生命积累。既然是自己赋予的，也可以由自己改变。我们现在没有使命感，只是因为过去缺乏积累，现在同样可以通过发愿来建立并培养。但发愿不是一蹴而就的，还需要不断巩固，才能使愿心具有力量，成为使命，而且是尽未来际的使命。

朱清时院士：教育的根本任务是教会学生如何做人，其中的重要支点，是引导他们立志和发愿。现代青年最缺乏的可能就是这一点。我在南方科技大学这几年，招了三批学生，质量非常高，后来发现他们有个共同的问题，就是高中阶段的学习太苦，所学知识太多，现在就没有求知欲了。因为不光是家长，从兄弟姐妹到中学老师都告诉他：最大的关是高考，考上大学后什么都好办。就像运动员有一个最佳竞技状态，现在他们把人生的最佳状态调到了中学，结果到了大学就进入疲惫阶段，没有学习动力。

怎么解决这个问题？就要通过教育让学生明白：今生想过得有意义，必须有远大志向。用儒家的话是立志，佛家的话是发愿。现在教育界最关注，也是大家都在思考的问题，就是如何让学生认识到，高考不过是人生的一个环节，在大学阶段应该继续奋斗，而且要比中学更勤奋。这就需要建立高于高考的人生目标，不仅培养他们对知识的兴趣，还要培养对他人的爱心、对社会的责任心。做到这一点，高等教育的改革才能成功，但需要教育界花很大的力气。我觉得这个问题很好，立志和发愿是当代青年学生最大的问题，亟待解决。

社会对教育的影响

主持人： 目前很多人对教育非常短视，这就影响到学生对生命最好阶段的认知，使他们对未来目标的界定很不明晰。怎样唤起学生、家长、老师对教育全方位的认知，使大家意识到自己对社会可持续发展的责任？社会应该达成什么共识，学校应该倡导什么精神，家庭又该怎样承续这种氛围？

朱清时院士： 只有全社会共同参与，才能使教育回归应有的定位。学生考上大学后，将来才能找到好工作，得到好待遇。这几乎已成为年轻人唯一的光明出路，也就不可避免会走上高考导向。大家都把高考看作人生最重要的事，拼命奋斗，好当大学生，找到好工作。事实上，社会分工多种多样，上大学的固然有前途，那些当技工、做服务行业的也应该有前途。但社会没有对所有的劳动价值同样尊重，这种意识灌输到教育中，才使得现在的教育如此功利。

让教育回到本来面目，就是既让学生学到真本事，又让他们懂得怎么做完整的好人。要达到这一点，整个社会都要努力，每个成员都有责任。如果照过去那样，只有单一的发展前途，不可能改变片面追求成绩、以此作为头等大事的偏差。要解决这个问题，全社会的价值观和文化氛围都要改变。

济群法师：学校教育仅仅是教育的一部分，除此以外，还有家庭和社会的教育。在每个人的成长过程中，除了获得知识，更重要的是树立三观，学会待人处世。在这些方面，我们从小受到父母的言传身教，长大后又受到社会潮流、价值取向的引导。这些都会在潜移默化中影响我们的成长，很多时候，学校教育往往比不上这些影响。所以要形成整体的教育氛围，这就离不开文化传承。

现在很多企业开始重视企业文化，大家具备共同的信念，才能同心协力，推动企业发展。对于整个社会来说，同样要通过文化传承，倡导正确的世界观、人生观、价值观，使大家具备基本的道德判断和做人准则，才能促进社会的健康发展。这不是靠短期教育就能做到的，而要通过一代代的文化传承才能逐步扎根。儒释道作为中国文化的主流，曾在社会发展中起到重要作用。这些通识教育不仅造就了君子乃至圣贤，也是民众整体素质的保障。

反过来，这种整体素质又有助于个人的心行成长。

目前教育的问题，一是过度注重应考，造成高分低能的情况；一是仅仅注重知识传授，没有相应的道德教育，最后造就的只是工具，甚至使学生成为"精致的利己主义者"，一切都是为个人利益服务。正如朱校长所说，这不仅是学校教育的问题，也是全社会的问题。只有当父母、老师、社会各界的价值取向改变了，教育才能回归本位。

素质教育的核心

主持人：素质教育的核心，就是开启人的自我认知吗？儒家的自省和佛家的自觉，能以这种自知为起点吗？

朱清时院士：现代的素质教育，是除了掌握知识外，学生还要具备创新能力，如想象力、洞察力、记忆力、批判思维能力等，这些都属于素质，而不仅是教会学生自省，或是让他们学会做人。所以，把素质教育和内省画等号是不对的。人性的素质，才是儒家和佛教冠以中心的内容。曾子说"吾日三省吾身"，让人们学会省察自己的内心和行为，及时调整。我觉得，这是儒家留给现代人最好的精神遗产。

济群法师：从佛教角度来说，素质教育主要是指心性素质。在这方面，自省、自觉确实是提升素质的关键。人最本质的就是人性，其中包括本性和习性。佛教认为，人的本性是清净的，但习性是杂染的，有着无明、我执造成的种种烦恼。佛教所说的明心见性，就是从认识自己开始，由解除习性，最终证悟本性。

怎么获得这种能力？需要通过禅修让心静下来，由培养专注提升定力，导向观慧，才能看清身心和世界，并由智慧观照解除惑业。当杂染被彻底去除，生命本具的清净觉性才能显现。这是究竟圆满的自觉，也是素质教育的根本。对科技发展来说，创新能力等素质必不可少；但对生命发展来说，自省自觉的素质最为重要。从另一个角度说，如果没有正确的三观，能力越强，就意味着破坏力越大，所以要通过生命教育培养综合素质，才能使人的创新能力得到有效使用。

主持人：法师提到一个关键词，叫"生命教育"，现在还有生命科学，其中涵括哪些内容？

朱清时院士：生命科学是关于生物体的科学，属于科学的一部分。首先是认识外在世界，然后认识自我。生命教育是指中国释儒道的性命之学，属于宗教哲学。如果我们能把生命科学和性命之学结合起来，找到它们之间的关联，对于现代人理解传统文化的基本观点，会很有好处。

济群法师：整个佛法就是导向觉醒的生命教育。这种教育的前提，是基于对生命的正确认识。所以佛法非常重视正见，因为认识决定观念，观念造就心态，并最终成为生命品质。佛法认为生命有明和无明两个层面。无明会带来种种妄想、烦恼和痛苦。

不少西方哲学家在探讨生命的过程中，也能看到迷惑制造的生命非常荒谬，没有价值。但否定这些后，能不能找到终极价值？很多时候，否定并不难，难的是破而后立。如果找不到可以安身立命的价值，就会落入虚无，难以自处。所以当我们否定名利等短暂的现实价值后，更要找到自救之道。

那么，生命到底有没有终极价值？佛陀在两千五百多年前发现，众生都有如来智慧德相，都蕴含觉悟潜质。这个发现对人类具有无与伦比的价值。佛教的生命教育，就是让我们认清迷惑真相和觉醒潜质，从而建立信心。

有了方向之后，还要有落地的方法。佛教的所有法门，正是从不同角度引导我们破迷开悟，其中又有顿渐之分。每个人迷的程度不同，简单地说，就是心灵尘垢有薄有厚。对于尘垢较薄者，可以用顿教接引，"直指人心，见性成佛"，以禅宗六祖惠能的修行为代表。对于尘垢较厚者，则要以渐教的次第，就像神秀提出的"身是菩提树，心如明镜台，时时勤拂拭，莫使惹尘埃"那样，从现前的迷惑系统入手，逐步清除心垢。当然，具体方法还有很多。所谓八万四千法，强调的正是因机设教，即根据众生的不同根机，以最适合的方式加以引导。

主持人：许多学校在开展"竞争教育"，怎样在竞争之下，传承传统文化的德性之教？

朱清时院士：竞争并不都是坏事，而是科学发展的基本途径，可以把人的潜力发挥到极致。在社会上，竞争也是进步的动力。学校的教育中，也要让学生和学生竞争、教师和教师竞争，并和社会同行竞争，通过竞争发现真正的好东西。

在这种竞争的背景下，传承传统文化的德性之教，确实有点难度。因为佛家并不鼓励竞争，而是让人安于当下，安于自我修养。当然佛教历史上也有竞争，神秀和六祖就是在竞争中，形成了渐教和顿教。但佛教在根本上还是让人自省，而不是向外分别他人的好坏。因为竞争首先是分别心造成的，定位就有偏差。

济群法师：竞争确实可以促使社会进步，从科技、商业到各行各业的发展，都离不开竞争。从这个角度说，竞争是积极的表现。但社会道德、生态环境等种种问题也是伴随竞争出现的，使人们的幸福感受到影响。我们今天的物质生活已经有了极大提高，但很多人并不觉得幸福，反而很累，压力很大，充满焦虑和不安全感。这当然有内在因素，但外因主要来自竞争。

那么，竞争和德性之教是否冲突？其实在正常的良性竞争中，人的自身素质尤为重要。包括个人的德行、身心状态，以及公司的信誉，对社会的影响，都是竞争的软实力。而这些都要以德性之教为基础，所以二者是相辅相成的。如果忽略德性之教，缺乏道德约束，会使正当竞争变得畸形。进一步，还会因此激发人的不良心行，使竞争更为失控，成为不正当的恶性竞争。只有大力提倡德性之教，使人们的行为有规范，有底线，才能建立良性竞争，使社会健康发展。

文化信心从何而来

主持人：中国传统文化强调"和"，佛家也讲六和敬，其核心都是和竞争背道而驰的。那么，在今天这个时代，学校用什么方法，可以唤起孩子对传统文化的信心，以及家长对传统文化的归属感？

济群法师：建立对传统文化的信心，还是要通过教育。从某种意义上说，现在正是最好的时机。几十年前，大家因为穷怕了，一心致富，以为有钱就有一切，根本顾不上其他。现在很多人富起来了，却发现幸福并没有随着财富而来，反而出现种种始料未及的问题。没钱时，生活目标似乎还很清晰，有钱有事业之后，反而迷失了方向，不知道这么活着有什么意义。

如何才能安身立命？这几年，不少人在呼吁对传统文化的弘扬，也有很多国学班、总裁班把儒释道作为课程内容，说明社会已经意识到传统文化的价值。当然这还不够，因为有些做法属于跟风，只是把学习传统文化作为时尚，甚至是快消品，这是不会长久的。关键是引导大家认识自我，看清其中存在哪些问题。只有带着问题意识，才能看到传统文化的价值所在，自觉地学习并传承。因为这种学习是出于自身需要，对提升生命品质是必不可少的。

朱清时院士：我最近十多年非常喜欢研究中医，怎么使大家对中医有信心？必须做到两点：一是让人觉得中医有道理，二是吃药后确实有效。中医有道理，我有亲身感受。以前我父母这辈人，根本不可能随时上医院看病，有病都是自己找点中草药救治。我开始学习打坐之后，对一身经络有了感觉，就对中医更有信心。相信打坐有一定深度的人都有这种感觉，可见祖先当初不是用解剖学的方法发现哪里有什么经络，而是入定后，自己感觉出一身经络在怎么运行。当然很多细节我还是感知不到，但能感知大的框架。这不是别人用科学手段来检测你的身体，而是自己感觉出经络的存在，所以我知道中医有道理。至于效果，尽管很多人把中医说得一钱不值，但现在中医仍是我国医药系统的重要部分，在很多方面是很有效的，现在国际上也有越来越多人开始尝试中医。

对传统文化建立信心也同样，一是知道这些文化有道理，二是感到学习后有效果。大家说起老子、庄子都很佩服，因为他们把道理讲得很清楚。至于效果，刚才法师说到，科技发展把生态破坏了，如果恢复到传统文化对待环境的态度，生态会更和谐，人类也会过得更好。我对中国传统文化深具信心，虽然现在它的光辉被西方科学遮住了，但我相信只是暂时的。随着生态问题越来越多，大家真正看到科学是双刃剑，对传统文化的信心就会恢复起来。

遵循道德的利益

主持人：关于对传统文化的信心，朱校长强调了道理和效果。关于道理，儒家强调五伦，佛家强调六伦，比儒家多一层师道；至于效果，比如因为修身使家庭和睦，或是在五伦关系中找到自己在社会中的定位，起到更大的社会效益等。那么，这些传统文化对我们的身心建设、人格塑造及社会发展，究竟提供了什么资源？使人在哪些方面受益？

济群法师：儒家和佛教都为我们提供了做人的准则。就像产品有产品的标准，做人同样有做人的标准。儒家提倡的仁义礼智信五常，佛教强调的五戒十善，都是告诉我们做人的标准。五戒十善分别对身口意三业加以规范,其中包括身体的三种德行,即不杀生、不偷盗、不邪淫;语言的四种德行,即不两舌、不绮语、不妄语、不恶口;思想的三种德行,即不贪婪、不仇恨、不邪见。在过去的印度社会,这是属于民众的基本道德。遵循这些行为规范,可以使我们身心健康。

同时,这些德行还能帮助我们建立自他和乐的社会。社会和谐的基础,是每个人做好自己,不伤害他人。佛教所说的善行有消极和积极之分,消极的善主要是止息恶行,如不杀生乃至不邪见;积极的善则是众善奉行,在五戒十善的基础上,进一步慈悲利他,造福社会。在这方面,佛教和儒家伦理有相通之处,但对心性的认识和改造更深刻,不仅要止恶行善,还强调自净其意。这是佛教有别于其他宗教哲学的不同所在,所以自古就被称为心性之学。

因为心性是德行的基础,如果缺少这种基础,道德很容易流于空洞的教条。道德的权威并不在于道德本身,不是说我们建立一条道德,就能推而广之,人人奉行。道德的权威在于它背后的力量——我为什么要遵循道德?这么做对我的生命有什么意义?需要把个中原理说清楚,才能让人信受奉行。

各宗教都有相应的道德权威。比如基督教、伊斯兰教的道德,是基于他们对上帝、真主的信仰,而佛教道德是建立在缘起因果之上。遵循道德不是机械地执行某种行为,而是看到它所带来的结果,以及这种结果对生命的影响。当然三世因果错综复杂,一般人看不清楚，所以我通常说的是心灵因果、当下因果。

比如道德行为是立足于善心，反之则是立足于不善心。从心理学的角度，善心是健康的心理，不善心是不健康的心理。所以当我们践行道德时，本身就在培养善心，可以使自己充满欢喜。而当我们做出不道德的行为时，就是在增长不善心，必然会使内心烦恼重重。这些行为不仅会在当下带来不同感受，还会影响生命成长，使人格得以提升或不断堕落。当这些心理强大后，还会对他人乃至社会产生影响，带来正面或负面的效应。这些效应又会通过众生共同形成的场，回馈到我们身上。如果我们真正认识到由因感果的原理，确认这是必然的，自然能自觉遵循道德。

朱清时院士：我接着善心会给自己带来好的结果说。大约十年前，美国科学家请了二十多位藏传佛教的高僧做实验。让这些修行四十年以上的高僧打坐，观想慈悲心，另外又找了一组刚开始打坐的年轻人作为对比。实验对慈悲心有具体定义，比如观想母亲抱着孩子的感觉，或是父亲看见孩子摔倒去把他抱起来的感觉。然后用核磁共振扫描他们的脑部，两组实验数据出来后就发现，这些长期修习慈悲心的人，大脑结构已经改变。当他们进入观修时，大脑高度安静，但有些区域又高度兴奋，说明佛教关于慈悲心的修行会影响大脑结构。因为大脑随时都在新陈代谢，如果人总是处在善良、慈悲的状态，大脑就会朝这个方向发展，只要静下来，这种心态就会出现。这些研究引起了科学界的重视。法师说的主要指因果报应,这个例子是用现代科学证明,慈悲会给自己带来好的结果。

主持人: 中国传统文化重视因果,也重视感应。在现代教育的背景下,可以从哪些方面让大家充分认知因果和感应的现象?

朱清时院士: 现代教育是从西方科学思维发展而来的,还没有和佛家的因果结合起来。现在的学校对因果讲得比较肤浅,无非是一个人品德高尚,就能受到大家欢迎,以后有了机会,大家把机会给你。

在现代背景下解读传统

主持人: 刚才讲到,近百年来,我们套用西方的教育模式,包括思维方式和学科模式,这些和中国传统的思维模式有什么不同?更具体一点,这会对我们理解传统文化造成什么隔阂?

朱清时院士: 中国在五四运动前后开始教育改革,废止旧学,引进西方教育,最大的好处是把现代科学带入中国,坏处是使功利思想非常盛行,做每件事都追求直接的好处,把儒释道关于性命之学的部分都否定了。

现在大家意识到传统文化中有很多优秀内容，如果否定这些，就像泼洗澡水的时候，把孩子一起泼了。所以人们希望在教育中加入传统文化的精华，也做了一些尝试。比如让孩子学《三字经》《弟子规》等，都是这种思潮的反映。但要完整地包含进来，还需要长期实践，需要做出很多努力。

济群法师： 教育包括两部分，一是教育方式，一是教育内容。在教育方式上，古代和现代的教育各有利弊，要根据实际情况一分为二，才能融会贯通。在教育内容上，我们应该用什么态度对待传统文化和现代西学？近代以来，很多有识之士就此做了探讨，得出的结论是"中学为体，西学为用"。

我们现在接受的西方教育偏向造物，偏向工具性的知识，而儒释道的教育重点是提供观念、价值和德行。对社会发展来说，这两种教育相辅相成。如果仅仅强调科技，没有正确的价值观为指导，那么科技可以是第一生产力，也可以是第一破坏力，给人类带来的祸害显而易见。只有立足于传统教育的核心，重视人格和德行，在此基础上再来接受科学技术，有体有用，才能充分发挥两种教育的长处，更好地用科技造福人类。

主持人： 校长您作为科学家，觉得现在的科技发展，能应对地球资源的匮乏吗？

朱清时院士： 科学在各个时代的关注度不同，就会往不同方向发展。十九世纪以来的主要追求，是让科学为人类创造更多财富，满足人的欲望，让人生活得更方便。现在回头看，这种发展对环境造成了极大的破坏。可以预见，未来会往另一个方向发展，使科学发展和环境保护协调一致。比如我研究的是化学，这是对环境破坏最多的一个领域，现在就发展出绿色化学。

科学是人类创造的，往什么方向发展，取决于人类的认识。科学其实是好东西，它在过去二百年破坏环境，是因为当时的人短视，为满足私欲而不考虑其他。现在大家已经看到科学是双刃剑，知道继续破坏环境是人类的灭亡之路，自然会加以调整，往不破坏环境的方向发展。

主持人：这特别像传统文化讲的阴阳太极，就是物极必反，否极泰来。那么在发展方向上，未来需要培养什么样的科学家？

朱清时院士：说到科学对生态环境和人类社会的危害，更凸显了教育的重要性。这就需要呼吁全社会的关注，共同建立完整的教育体系，把学生培养成合格的人，不仅掌握科技知识，有研究能力，还具备高尚道德，知道怎么做人，对社会有爱心、有担当、有责任感，一切研究都考虑到对整个世界的后果。当这样的人成为主导，科学才会向有利于人类的方向发展。

济群法师：科学的研究者和使用者往往不是同一批人，很多时候，社会发展不是以科学家的良知为导向，而是以某些人的欲望为导向。科学家肯定不希望自己的发明成为武器，给人类带来伤害，事实上，科技发展使武器有了前所未有的杀伤力。包括基因工程的发展,它的应用会带来什么后果,也是难以想象的。如果不提升全社会的道德素养,科学对世界造成的危害也在所难免。缺乏道德底线的人越多,科学被用来作恶、造成破坏的概率就越大。所以要大力加强传统文化的教育,提升民众的整体道德水准。

百年树人和人成即佛成

主持人: 佛教讲"人成即佛成",怎么成为这样的人?

济群法师: "人成即佛成",是通过佛教教育,造就觉醒的人格。首先是认识到每个人都具有觉醒潜质,就像山中的矿藏,必须通过勘测找到它,才能以正确方法开采;其次是通过修行解除惑业,成就佛陀那样的断德、智德和悲德。当生命内在的无明被彻底瓦解,觉醒潜质被充分开发,就不再是普通的人,至少在某个层面和诸佛是无二无别的。也就是说,只有成为觉醒的人,才称得上"人成即佛成"。否则的话,即使做很多好事,也只是世间的善人而已。

孝道和尊师重道

主持人：中国传统文化重视孝道，这对建立家庭和社会的伦理道德有什么作用？佛教是怎么提倡孝道的呢？

济群法师：作为家庭来说，孝道是维系和谐的重要因素。但儒家对孝道乃至各种德行的倡导，往往是立足于亲情与血缘，是基于宗族伦常的关系，这就会有时代的局限性。

在佛教中，是从知恩、念恩、报恩的角度建立孝道。父母给予我们生命，哺育我们成长，我们要认识到这是一份无与伦比的恩情，对此心怀感恩，然后基于这份感恩践行孝道，作为对父母的报答。这样的孝道就不仅是社会规则，更不是谁强加于我们的，而是出于人的良知。因为没有父母就没有我们的一切，所以怎么报答都不为过。从这个角度认识，我们就会把尽孝作为本分。

这种感恩也是爱心和慈悲心的基础。如果一个人对父母都没有感恩之心，怎么可能对众生有爱心和慈悲心？只有以孝顺父母为本分，才能推及他人，"老吾老以及人之老"，再进一步扩大到所有众生。当我们把众生当作亲人那样心怀感恩，还会伤害他们吗？还会有人与人之间的对立和矛盾吗？

朱清时院士：我从进化论的角度说，孝是有利于人类繁衍的文化。所有物种都是物竞天择，适者生存，为什么人类必须有孝才能存续呢？因为儿女能孝顺父母长辈，才使人们愿意生儿育女。如果大家都不孝，谁都不愿生儿育女，人类就会走向灭亡。所以，人类一定要有孝道才能发展下去。

济群法师：投入有回报，才愿意投入。这些年生育率不断下降，孝道缺失也是原因之一。很多人意识到养儿不能防老，很可能还被啃老，给自己带来种种麻烦，就没有生儿育女的积极性了。

主持人：除了孝道，古代还特别强调尊师重道。据说黄帝当初三次求道，最后斋戒、沐浴、匍匐而去，才求得《黄帝内经》。历史上，还留下了断臂求法、程门立雪等佳话。如今不论教师在学生心中的地位，还是学生对教师的认知，都不再纯粹，怎么看待这个问题？

济群法师：断臂求法和程门立雪体现了一种价值取向，代表古人对法的无限推崇。事实上，现代人为了自己认定的价值，也会不惜一切。比如有人为了牟利铤而走险，触犯法律，甚至有人为了得到电子产品去卖肾！问题在于，他们的价值取向错了，这种付出只会给自己带来无尽的伤害。

学生怎么看待老师，有学生的问题，也有老师的问题。传统的儒释道都是让大家认识到，智慧、道德、高尚的人格才是生命中最重要的，是真正值得追求的。建立这样的价值观，老师才知道为人师表的定位，学生才知道谁是值得尊重和效仿的。在佛教修行中，作为传法的师长，要有"具戒、具定、具慧、教富饶、通达真实、德胜于己、善说法、具悲悯、精进、断疲厌"的德行；作为求法的学生，要有"质直、具慧、求法义"的素养。各安本位，才能建立如法的师生关系。

从责任心到知行合一

主持人： 说到责任心，包括对他人的责任心、对社会乃至世界的责任心，传统文化中有很多例子，如范仲淹的"先天下之忧而忧，后天下之乐而乐"，张载的"为天地立心，为生民立命，为往圣继绝学，为万世开太平"。在今天，我们怎样把这种责任心传递给学生？除了立志和发愿，应该有什么样的实践？

朱清时院士： 责任心，光靠说教是不行的，还要靠老师和周围人的言传身教，通过行动表现出来。如果学生看到的长辈都很有责任心，他们就会意识到，做人应该有担当。反之，如果成年人处处表现得没有责任心，学生自然会受到影响。

我有两个真实的例子，都是在南科大发生的。有个学生因父亲打工受伤申请奖学金，他父亲给学校打了电话，表示一旦伤好找到工作就不要奖学金。这个学生第二年果然打了报告，说父亲已经有工作，不要奖学金了。另一例是最近发生的，有个学生成绩不错，但另一个学生发展更全面，综合考虑，就把一个重要奖学金给了后者。结果这个学生的父亲就来吵，学生也跟着吵，老师怎么解释都没用。两个人都是受到父亲的影响，表现完全不同。可见在一个人的成长阶段，受到的最大影响是来自父母、长辈。如果这些人斤斤计较，孩子会觉得，我不计较就是吃亏。反之，像第一个父亲那样看重自身努力，孩子也会效仿。关于这些，如果只是开个讲座说道理，学生未必听得进去，但会看自己的父母、老师和周围人是怎么做的。

济群法师：在这个问题上，父母和老师确实会给孩子最直接的影响。这个影响是以信任为前提，日积月累，在潜移默化中发生的，所以作用特别大。但影响只是基础，真正从认识到生命品质的提升，还是离不开教育。

"先天下之忧而忧，后天下之乐而乐"，以及"为天地立心，为生民立命，为往圣继绝学，为万世开太平"四句教，就是责任心的教育，而且是全方位的教育。因为其中蕴含宏大的愿心，如果没有相应的视野、气魄和素养，我们就领会不到其中的分量，以及对生命成长的意义。当我们接受相关教育，认识达到一定高度，才会觉得这种愿心是理所当然的。只有这样，生命才是有价值的，而眼前利益只是梦幻泡影，不应该过于看重。这些观念主要来自教育。

从佛教角度来说，就是要发起菩提心，以尽未来际地利益众生为使命。只有接受佛教教育，看清生命真相后，才会发现这是最有价值的选择。如果不这样做，生命是找不到意义的。一旦确立这样的认识，形成必须如此的定解，做起来就不会太难。否则，在落实愿心和责任心的过程中往往患得患失，甚至中途退转，究其根本，就是认识上还达不到。

主持人：身教胜于言传的案例，体现了知和行的关系。阳明先生非常强调知行合一，那么，认知和行为究竟是什么关系呢？

济群法师：知行合一包含两方面，一是做事，一是做人。从做事来说，学校教育不仅要传授知识，还要培养学生的实际能力。我也一直鼓励学生在修学的同时参与弘法，培养弘法的兴趣和能力。这样既能在大众需要时发挥作用，也能在实践中加深对法的认知，促进修学效果。从做人来说，学校教育通常偏于知识，佛学院也是同样。其实，佛法的重点不是经典，而是帮助我们了解自己。佛法给我们提供了智慧，关键是用这种智慧来认识自己，观察世界，思考并检验这种认识是否和真相吻合，是否揭示了身心和世界的本质。

当我们通过观察，确信佛陀所言真实不虚，所学佛法才能真正变成自己的观念，进而以这样的观念指导生活，处理问题。否则，遇到问题还是会落入固有的串习和错误观念，还是会制造烦恼和纠结。只有在运用佛法智慧的过程中，才会让法落实到心行，进而转化为人格和生命品质。

儒家道德也是如此，要立足于做人的角度来接受，而不是单纯地把它当作道理。如果知道很多道理，对别人说得头头是道，但自己的观念、言行丝毫没有改变，一切还是沿用以往的串习，所学没有在自身留下丝毫痕迹，就是知和行的脱节。这种知是没有力量的。任何道理只有转化成自己的人格后，说出来才是有力量的。因为你就是这么想、这么做的，所说的一切都扎根在你的生命中。

当公共卫生遇到佛法
——与中国疾控中心首席专家曾光教授对话

如何让生命更美好

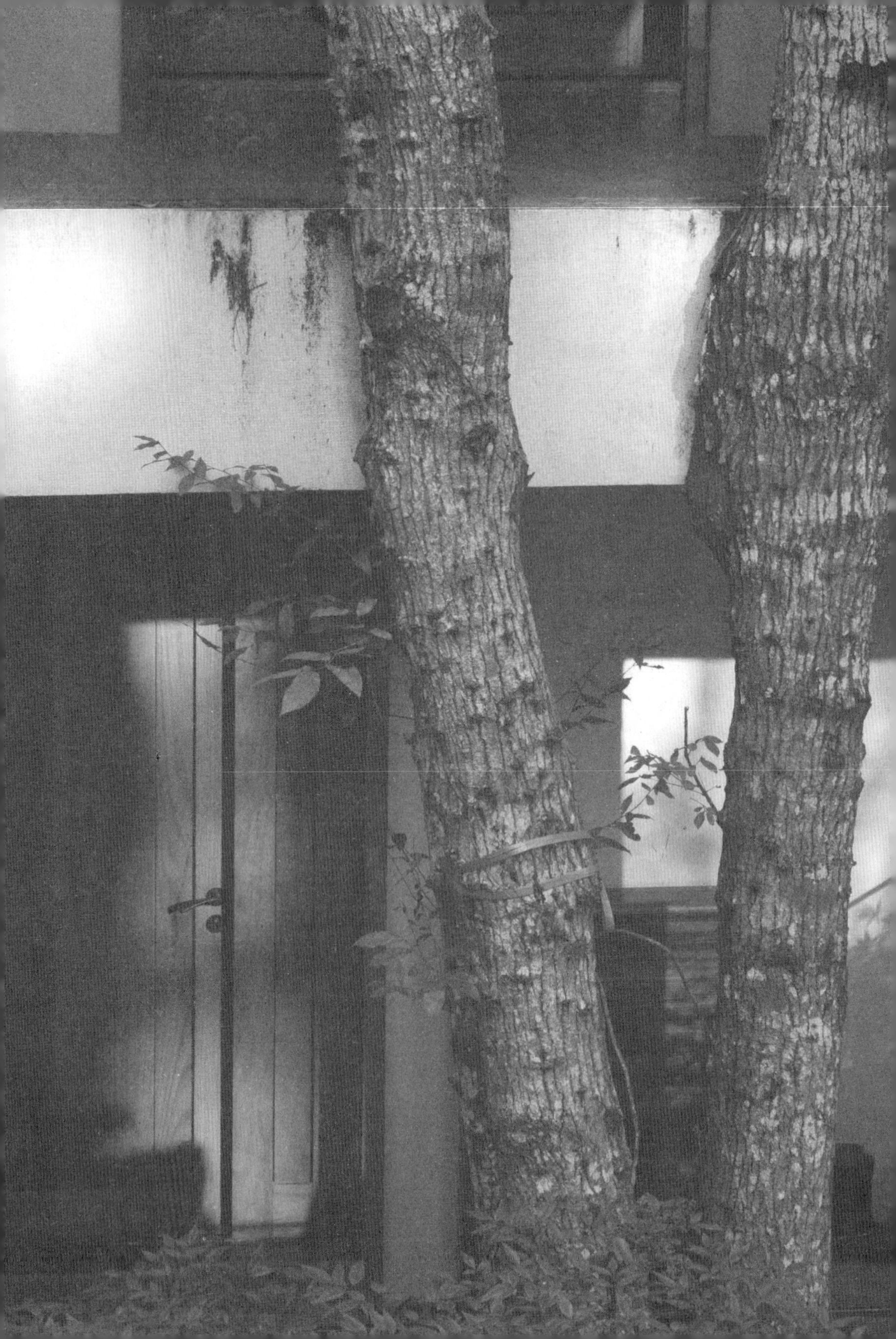

2017年10月，厦门南普陀寺阿兰若处，济群法师与中华医学会公共卫生分会名誉主任委员、中国疾病预防控制中心流行病学首席专家曾光教授，进行了两个半天的对话。两人于2015年初识，相见甚欢，彼此念念，即约长谈。虽然专业不同，却有着共同的济世悲心、共同关心的话题——天下苍生的身心健康。通过这一对话，可以帮助我们了解，古老的佛教思想和年轻的公共卫生学如何交流互鉴，解析人类健康的因缘。

古老的佛教与年轻的公共卫生学

济群法师：这次交流，对我来说是一个学习的机会。原来没想到,"公共卫生"和我们每个人,乃至整个社会有如此重大的关系。这两天看了些资料,包括曾老师的文章和访谈,感觉这项事业很伟大。在过去,人们更多关注的是经济发展,却忽略了人类自身的健康,忽略了环境保护。这些正成为日益突出的社会问题。

"公共卫生"提出的口号是:建设一个人人都健康的社会。而佛教要做的,也是引导大众拥有健康身心,创造人间净土。在这点上,两者的方向是一致的。

曾光教授:感谢法师的关注。"公共卫生"讲的是公众健康、群体健康,这个名词才两百多年,而佛教已有两千五百多年历史。年轻的公共卫生学,向有着悠久历史的佛教学习,我相信能有很大受益。

公共卫生的概念是从国外翻译来的,本意是公众健康(Public Health)。为什么到了中国就叫公共卫生呢?这和时代的发展有关。公众健康是太大的话题,我们的经济还没有发展到那个阶段,医学也达不到那个层次。社会承担起公众健康的责任是不容易的,但可以先做点什么,比如防治传染病、减少婴儿和孕妇的死亡等,就是优先解决关键的群体性问题,所以命名为"公共卫生"。

济群法师:各个学科的建设,虽然在时间上有先后,但身心健康的问题,在人类社会始终存在。只不过在不同时期,会以不同的方式关注。

佛教作为优秀的中国传统文化,一种宗教信仰,其本怀是普度众生，引导社会大众远离痛苦，获得安乐。公共卫生学立足于西方科学的基础，从预防、疾病控制等方面保障公众健康。两个领域在关注的对象和问题上有相通之处，我想，这种交流是很有价值的。

曾光教授：佛教产生于印度，但在中国得到了很好的发展和传承。公共卫生学在全球方兴未艾，在中国快速发展。每个时代出现什么问题，公共卫生学就关注什么问题。有些是人类共同的问题，有些是中国特有的问题。比如第二次世界大战时，因为传染病、营养不良、难产、破伤风等影响，全世界人口的平均寿命不到四十岁，所以当时的公共卫生主要针对这些问题。西方国家最早摆脱了这些问题，但又出现了新问题，比如心脏病、癌症、糖尿病、高血压等。

就中国来讲，既不像那些不发达的国家，还以防治一般传染病、营养不良为主，也不像西方国家，重点早已由防治传染病过渡到防治慢性病。中国在快速变化，我这个年龄的人，年轻时吃不饱，能吃饱饭就很知足。如今社会发展，大家不但吃饱了，住好了，还进入汽车、电脑和互联网的时代。

现在的问题在哪？这代人一下子从营养不良变得营养过剩。为什么中国的糖尿病病人数量上升得那么快？从二十世纪八十年代到现在翻了二十倍！体质突然转变，就容易出现这样的问题。西方国家胖子很多，但糖尿病患者数量的上升势头不像中国这么猛。

另外，随着工业化、城镇化、国际化、信息化的发展，各种健康问题都出现了。公共卫生部门总是面对社会新出现的状况，不断地解决问题。

济群法师：从曾老师的介绍中了解到，公共卫生事业的产生，以及它在不同阶段的关注点，和社会发展有很大关系。目前，这个学科的定义是什么？涵盖的内容和范围是什么？要解决哪些问题？

我想公共卫生应该是手段，公众健康才是目的。通过公共卫生事业，最终达到"人人享有健康"这个目的。

曾光教授："公共卫生"一词家喻户晓，但很多百姓看到这四个字，往往联想到"公共卫生间"。媒体怎么理解公共卫生呢？每当传染病流行期和重大自然灾害发生时，要加强公共卫生管理，电视上出现的都是带着喷雾器到处消毒的画面，好像告诉全国人民——公共卫生就是消毒。媒体不了解还情有可原。学公共卫生专业的人，知道什么是公共卫生吗？也未必！因为公共卫生学院教的是预防医学，不是公共卫生学，在根源上就有偏差。

我给公共卫生的定义是，"公共卫生是以捍卫和促进公众健康为宗旨的公共事业"，具有公有、公平、公益、公开和公信五个特点。其中，公信是让百姓接受公共卫生知识，并在行为上参与。比如传染病流行了，如果百姓不参与，就不能控制疾病传播。这是我们面临的问题，特别想从法师这里得到一些智慧启发。

从生理健康到心理健康

济群法师：正如曾老师所说，大众对公共卫生事业的了解很不完整。所以我们要探讨的主要有两点：一是公共卫生关注的具体问题有哪些；二是通过什么方式来解决问题，保障公众健康。刚才您说到疾病防治，我想这只是其中一个层面。据我了解，它是不是应该包括心理卫生、生理卫生，还有生活环境的卫生？

曾光教授：您理解得很好。确切地说，我们把致病因素叫危险因子。比如生物因素，是指病毒和细菌，这是贯穿人类历史的主要病魔。特点是一人得了传染病，大家都会受到威胁。SARS病毒暴发的时候，中国死了三百多人，全世界死了近千人，为什么引起那么大的轰动和恐慌？一方面是疾病传播的危害，另一方面是恐惧的传播。可以说，恐惧比病原体的传播威力更大。

当时如果北京人到厦门来，直接就被隔离了。因为有谣言说，SARS病毒可以在空气中传播。北京人身上都带着病毒，所以要立刻隔离。我们不但要控制传染病流行，还要应对谣言。

济群法师：如果说公共卫生关注的内容，包含了心理卫生、生理卫生和环境卫生，现在是不是已全面推动？

曾光教授：我们是从关注生理健康起步的，比如研制疫苗，使用抗生素。现在已经做到第二步：关注环境。这的确是一大进步。政府在下大力气治理污染，很多工厂都被关停，政府工作报告中也把整治 $PM_{2.5}$ 作为仅次于经济发展的指标来提。现在的弱点在哪？我觉得正是您刚才说的，心理健康还没有真正顾及。

济群法师：这和中国社会的发展有相当关系。在过去的年代，大家觉得有钱、能吃饱穿暖，就很幸福了。近几十年来，随着经济的飞速发展，很多人富起来了。但在发展过程中，除了给环境造成污染外，也给人带来了种种心理问题。这都是我们为发展付出的代价。

单纯从经济条件来说，今天很多人过得并不差，但真正感到幸福的其实不多。没有了物质匮乏的烦恼，却依然不能满足，依然没有安全感，甚至出现不同的心理问题。我在弘法中接触过不少企业家，他们在事业刚起步时，拼命追求成功，很有目标，感觉很充实。但成功后反而找不到价值感，反而不知道活着为什么了。

在过去，人们认为身体健康才是问题，很少意识到心理也需要健康。而在心理疾病日益普遍的今天，人们开始了解到，心理也是健康的重要组成部分，是感受幸福的关键。此外，环境污染带来的问题也让人意识到，环境对人类生存多么重要。尤其在经历城市日益严重的空气污染和喧嚣后，越来越多的人想要回归自然，在青山绿水间过一种田园生活。

作为公共卫生这个学科，需要引导民众认识——什么才是整体的健康。健康不仅是身体的，也是心理的，还是环境的。

曾光教授：法师对公共卫生学的要领无师自通，这个理解和世界卫生组织对健康的定义颇为接近。世界卫生组织认为，健康是三维的，第一是生理的健康，第二是心理的健康，第三是良好的社会适应能力。

经济快速发展，我们重视不足的不仅是心理健康，还有社会适应能力。人为什么活着？为什么而努力？这是很重要的认识。比如各种假冒伪劣商品、违规食品对人的危害，都是道德堕落引起的社会问题。

济群法师：从个体来说，人人都有追求健康的需要。但健康是综合的概念，不仅要有健康的身体，还要有良好的心态、健全的人格、高尚的生命品质。这才是理想的人生状态，也是建立和谐社会的基础。当今社会的各种乱象，从空气污染到各种假冒伪劣产品，其实都和人有关，和欲望、贪婪有关，和种种心理问题有关。如果民众没有健全的人格，就不可能有健康的社会。

讲到卫生，怎么来定义"生"？这是一个重要概念。多数人可能理解为生活环境，我看到有些词条上的定义是生命——保卫或维护健康的生命。作为生命的存在，离不开物质和精神。随着社会的发展，多数人有了基本物质保障，但精神层面的问题并没有因此减少，甚至越来越突出。所以对今天的人来说，拥有健康的心态、人格、生命品质，其实更重要。

　　立足于这一点，我想可以更好地解决公共卫生领域关注的问题，保障大众健康。因为身体健康离不开心态，也离不开环境。中医自古以来就认为，情绪会导致五脏六腑的不同病症。现代统计也证明，与情绪有关的疾病已达二百多种，在所有患病人群中，百分之七十以上都和情绪有关。至于空气、水源等环境污染和食品安全问题造成的影响，大家更是有切身体会。现在癌症发病率那么高，就和整个大环境有关。健康是整体概念，推动公共卫生事业同样应该从各方面着手，而不是局限于某个方面。

从公共预防到道德预防

　　曾光教授：您的解读令人耳目一新。怎么获得健康？我们有个理论是——预防为主。三级预防中，第一级是预防疾病发生，比如接种疫苗、限盐、戒烟、少饮酒；二级预防是尽早发现疾病，比如定期体检，有问题及时治疗；三级预防是已经有病了，但预防或减缓疾病的发展速度。

以上三级预防事关每个人，也需要政府的参与。比如第一级预防，要接种什么疫苗，投入多少经费，怎样保障疾控系统的有效运转，都需要政府做出决策。第二级和第三级预防涉及救死扶伤的人道主义，政府要关心医疗的公平性和可及性，以及医疗投资效率，让百姓尽早发现疾病，看得起病，患大病后能得到更多关怀。

　　更重要的是政府公共卫生政策。如果没有好政策，可能下很大力气也取得不了成果。比如烟草在世界泛滥的原因，可归结为烟草成瘾、烟草经济和烟草文化三方面。如果政府的控烟政策仅仅针对烟草成瘾一方面，即使下大工夫宣传"吸烟有害健康"，在公共场所张贴戒烟广告，劝说吸烟者戒烟，都很难使吸烟率下降。美国纽约市政府认识到这点后，连续数次提高烟草税，使卷烟价格大幅度提高。短短几年内，使百分之三十的人戒烟。另外，在烟盒上用百分之七十的面积印上肺癌等吸烟后果的警示图，比印上"吸烟有害健康"的提示，控烟效果好得多。国外的经验证实，通过改变烟草文化的生态，使吸烟者每次买烟都受到刺激，能促使三分之一的人戒烟。

　　公共卫生的责任在谁？我认为，政府应该是预防的第一环节，我称其为"零级预防"。政府要真正做到预防为主，制定科学、有效的公共卫生政策，保障机构编制与经费投入十分重要。其次是公共卫生机构，这是负责百姓群体健康的专业机构，重要性不言自明。它提供服务的内容、质量及应急能力，必须与时俱进，不断加强。第三是医院要负起责任。两千多年前，扁鹊就提倡"上医治未病"。好的医生不仅给百姓看病，也要宣传防病知识。

此外，公共卫生和各行各业都有关系。比如农业要保证食品安全，从种植、生产到运输、加工、销售，能不能杜绝假劣伪冒？对于进口食品，海关边防能不能把传染病挡在境外？总之，真正做好公共卫生工作，涉及面是非常广的。

济群法师：一方面，政府的作用特别重要，是从社会层面提供保障。另一方面，需要发挥每个人的自觉性。古人说的"治未病"就是一种预防，但这种预防偏于个人。怎样在更大范围内有效预防？关键在于，大众有正确的养生观和相关常识。

中国古代提倡的养生，往往以佛家、道家等思想为基础，从身和心两方面加以调整，所谓"修身养性"。从普通民众到知识分子，通过信仰或学习佛法，能自觉地遵循道德，规范行为，保有良好的生活方式和处世心态，这是身心健康的重要基础。

如果一个人不能自觉自律，且不说伤害健康，即使是砍头的事，也有人铤而走险。这就需要从源头改变，提高自身的修养和境界。佛教的戒律，就是引导我们过一种简朴、规律、有节制的生活；佛法的智慧，则能帮助我们正确认识人与人的关系、人与社会的关系、人与自然的关系。

认识提高了，我们才能建立有益身心健康的、可持续发展的生活。中国是家天下的社会，很多人心中只有家庭，没有社会。这一观念导致大众的公益心不是很强。西方哲学讲二元对立，人与自然是主体和客体的关系，客体要为主体服务，每个人要张扬自我，实现自我价值。而佛教提倡的平等观告诉我们，人与人、人与社会、人与自然的存在是一体的，人也是自然的一部分，一荣俱荣，一损俱损。此外，佛教还以无我的法义，引导我们从根本上消除人与人、人与自然的对立。

在今天，有人对道德不屑一顾，甚至担心自己遵循道德会吃亏。从佛教角度来看，遵循道德最大的受益者恰恰是自己。每个人都想让生命更美好。如果不顾及他人，不顾及社会和自然环境，必然给自己带来伤害，其次才会给他人乃至环境带来危害。

所以说，道德行为需要以智慧的认识为前提，知道这么做首先是基于自身的需要，而不仅仅是社会对你的要求。如果认识不到道德和自身的关系，我们探讨道德，推行道德，很容易流于形式。而当社会的整体道德水准不足时，推进公共卫生事业会有很大的难度。

曾光教授：的确，提高素养是全面的，不单纯是健康素养的问题，也关系到道德素养、文化素养，甚至伦理素养。社会发展不能顾此失彼，特别不能忽略道德和心理健康这样的软指标。GDP 容易度量，$PM_{2.5}$ 也常规定量检测了，而心理健康不好度量，道德素养也不好度量。

但健康、道德、伦理都是发展的核心要素，关系到社会和谐和国民千秋万代的福祉。如果对这些问题认识不充分、不重视，经济再发达也不是理想社会，也不等于幸福的社会。我很认同法师的观点，虽然我们从事的事业不同，但大道相通！

济群法师：归根结底，还是要回归人的本身，关注和解决人自身的问题。我想，不管佛教还是公共卫生事业，在这一点上的确是共通的，只是切入点和关注方式不一样。

以"不变应万变"的佛教

曾光教授：公共卫生事业的发展是应运而生的，因为出现各种问题，公共卫生领域才不断地充实、扩大。佛教是否也是如此，还是因人而生的？是不是没有释迦牟尼佛就没有佛教？如果没有释迦牟尼佛，会不会出现另一个佛，只是因为社会需要信仰？千百年来，社会的变化这么大，可我觉得佛教变化不大，寺院总是供着这些佛像。佛教怎样适应变化这么快的世界？

济群法师：这是很有意思的问题。谈到佛教，首先要从古印度文化说起。中国文化关心的是做人做事，是修身、齐家、治国、平天下，这都属于现世的问题。而印度文化关注的不仅是这一生，还包括生命的过去和未来。古印度是宗教非常发达的国家，最早的婆罗门教已有三千多年历史，佛教也有二千五百多年历史。佛经记载，佛世时，古印度就有九十六种宗教。很多修行者在坐禅过程中，会出现种种宗教体验。他们就根据这些体验，发展出各自的理论和修行体系。虽然这些宗教形形色色，但普遍关注轮回和解脱。

古印度人发现，每个生命都有永恒的困惑，看不清自己，不知道我是谁，也看不清世界真相，不知道生从何来死往何去。如果找不到答案，生命就会在无明、惑业中轮回。修行正是为了解决这些问题，超越轮回，走向解脱。这才是真正意义上的健康生命。

一般的人，不论是做企业、搞艺术，或从事公共卫生，往往只关注自己的事业或学科，却忽略了人自身的问题。我曾在《企业家的人生战略》书中讲到，因为我们接受的文化不同，所以关注的问题也不同。如果我们接受的是商业文化，可能这一生都是为事业活着，以为把事业做好，企业做大，人生就是成功的。如果我们接受的是儒家文化，关注点就是如何做人，如何立功、立德、立言。如果我们接受的是佛教文化，才会将关注点立足于生命的过去、现在和未来，不仅重视今生的成功，还要考虑未来的成功。

有了这样的视野，才会深入地探究生命：人到底是怎么回事？如何通过修行摆脱内在的魔性，开发人性的光辉？要实现什么样的人生价值和生命品质，才不愧对今生？宗教之所以有永恒的魅力，就是因为它立足于人类永恒的需要。

佛教是因为有释迦牟尼佛证悟、说法、成立僧团而出现的，但佛陀并不是佛法的创造者，而是发现者。他所发现的，是宇宙人生的真相，过去如此，现在如此，未来还是如此。这点和任何学科不同，他是直达本质，而不是逐步探索、推进的。

但佛法在世间的流传是与时俱进的。佛陀一生说法四十五年，会根据不同人的根机，因材施教，所以佛教有八万四千法门。就像要到达同样的目的地，但对不同的人，会指引不同的途径——前山、后山、左路、右路。有的路好走，但距离长；有的路难走，但距离短。此外，佛教在传播中经历了不同路线，有传入缅甸、泰国的巴利语系佛教，传入中国、日本、韩国的汉语系佛教，传入藏族聚居区的藏语系佛教。

在这些传播过程中，始终遵循契理契机的原则。契理，是忠实传承法义，不歪曲。契机，是指佛教传入不同的时代和地区，面对不同的文化和习俗，会有不同的表现形式。世界虽然变化很大，但人心和人性并没有本质的不同，还是那些贪嗔痴，还是那些凡夫心，只是程度更严重罢了。从这点而言，佛教解决的根本问题并没有变。正因为如此，佛教才能一直传承下来，并受到越来越多的关注。可以说，在人心特别混乱的时候，佛教就更加重要了。

曾光教授：我对佛教不是很懂，但想请教一点。《西游记》中到西天取经，西天就是古印度、尼泊尔吧？给人的印象是，佛陀把各种问题都悟明白了，然后建立了完整的理论体系，芸芸众生都希望从佛陀那里获得智慧。

这和自然科学不太一样。自然科学是随着对事物真相的认识，不断发展完善的。公共卫生学也是如此，为应对来自社会和自然的问题，应对危害健康的因素，方法、对策和理论都要不断发展，最忌故步自封。不变的，只是公共卫生人的爱心而已。而佛教好像有一种定力，以其深厚的理论基础，以不变应万变。不论世界发生什么变化，这些基本理论都可以解释。您刚才说佛教有八万四千法门，是不是对各种变化都有预见，不论将来如何发展，都跳不出这个范围？

济群法师：您发现的特点，确实是佛教和科学最大的不同。我曾多次和心理学家们对话，也说到两者的区别：佛教是自上而下的，心理学是自下而上的。包括科学，很多人将此等同于真理。事实上，科学始终处于发展中。尤其是十六世纪以来，从经典物理学到相对论、量子力学等，各种曾经的定论被不断推翻。究竟什么是真理？只能说，科学的发展过程，是接近世界真相的过程。

从另一方面来看，科学发现也在不断印证佛陀的所说。西方从地心说到日心说，到哈勃望远镜的出现，发现宇宙中有无量无边的星球，经历了漫长的过程，而佛教早在两千多年前就有相关认识。在《华严经》《般若经》等佛经中，关于微尘数世界、恒河沙数世界的描述比比皆是。而从微观世界来说，量子力学所说的波粒二象性，和佛教"色即是空，空即是色"的思想也有相通之处。量子力学认为，世界并不是客观、独立的存在，我们在认识世界的过程中，不是单纯的观察者，本身就是参与者。正是这种参与，决定了认识对象的存在。在佛教的唯识经典中，早已将这一思想及其原理阐述得很清楚。

佛陀所说的法，是他亲自体证的终极真理。任何人只要按照佛陀指引的道路修行，同样能体证这个真理。所以佛法并不只是说法，更不是玄想，而是可以反复实证的。在这点上，学佛和研究科学一样，需要有求真精神。但和科学实验不同的是，修行所证比较偏向个人化，所谓"如人饮水，冷暖自知"。我证悟的只能自己知道，无法做个试验给你看，让你感同身受。即使全都告诉你，你知道的只是概念，除非你也这样去做。

历代祖师大德在这条路上修行、证道，并从不同角度对这一理论体系做出诠释，以符合此时、此地信众的需要。从终极真理的层面来说，法尔如是，过去、现在、未来都是如此，不存在发展和提高。但在表现方式上，是可以发展，可以与时俱进的。

曾光教授：您讲得有点深奥，我得通过自己的消化来理解。公共卫生学科是建立在自然科学和社会科学的基础上，我的专业是流行病学，养成了宏观分析和逻辑推理的习惯。与您对话，使我对您讲的以不变应万变产生了浓厚兴趣。社会和自然环境在不断变化，而佛教还是佛教，应该有其存在千秋万代的道理。

目前从事公共卫生工作的人，将主要精力用于不断认识和应对外在变化对健康的威胁。虽然也宣传要关注群体的心理健康，但相对个体心理健康而言，理论和实践都很不足。我相信，人内心世界的形成也有相当恒定的存在基础。千百年来，人和动物的基因一代代遗传，大脑的结构和信号传导功能没有多大变化。人的七情六欲自古如此，更深层的内心世界除了瞬息万变的反应外，一定有万变不离其宗的方面。因此我认为，佛陀是悟透人类内心世界各种形态的祖师爷，不知我的理解是不是有一定道理？

济群法师：佛法揭示的是宇宙人生的真理。虽然社会在发展，但从人性来说，在两千多年发展中，并没有太多提升。

曾光教授：春秋时代的学说，不论"人之初性本善"，或"人之初性本恶"，现在都还存在。

济群法师：人性有两个面向，既有良知良能，也有另一面，佛教称之为贪嗔痴。痴就是无明，看不清生命的真相、世界的真相，从而产生错误认识。在此基础上，人最大的特点就是贪，总想牢牢地抓住什么，希望事业永恒，希望生命永恒，希望感情永恒。此外还有嗔，把自己和世界对立起来，和他人对立起来。很多心理疾病都和这三种"病毒"有关，比如焦虑、恐惧、没有安全感，总是活在自己的设定中，希望拥有的东西天长地久，但世间一切都是变化无常的。当事与愿违时，痛苦就在所难免。

释迦牟尼来到世间,通过修行证悟,为我们揭示了世界形成的原理——因缘因果。佛教不认为世界是神造的,也不认为世界是偶然的,一切存在都是因缘决定的。所谓因缘,就是由众多条件形成某种结果。其中包括亲的因缘、疏的因缘,各种条件具备,就构成事物的现象。除此之外,找不到永恒不变的存在。

从缘起看现象,有这样两个规律:一是无常,所有现象都是变化的,不会永恒不变;一是无我,所有现象都没有独立存在、可以自我主宰的本质。我们把身体当作是"我",但身体和我们只有几十年的关系。包括家庭、事业、想法、经验……这些都是条件的存在。如果执着这些变幻不定的现象,把它当作是"我",就会引发烦恼。可以说,所有烦恼都源于对自我和世界的错误认识。

此外,佛教常用的一个表述是"空"。但这并不是否定现象的存在,而是告诉我们,一切都是条件、关系的假象。比如扇子是什么?离开条件关系,根本不存在所谓的扇子。我们在各种条件组成的现象上安立一个假名,把它叫作"扇子",其实也可以叫其他名称。但在一般人的概念中,看到"扇子"时,就认为它是独立的存在,没考虑条件的因素。

从佛法角度来看,任何现象既是空的,也是有的。这种空和有是一体的。正因为存在的只是假相,所以它是变化无常的。这一规律具有普世性、永恒性,可以在任何现象上检验。

曾光教授:谢谢法师把佛法中最基本的"小学课程"讲给我

听，我觉得收获很大。这些内容我以前也略有所知，之所以要请教，是想要一个权威的解释。您的角度很确切。事实上，因缘因果是一切领域的共同原理。从公共卫生学来说，我们预防的就是因，通过努力，想要取得好的果。

从佛教视角看人心与人性

曾光教授：您提到人的劣根性，那是内心世界的污染源，必然会表现出来，污染外部世界，败坏人际关系。公共卫生学主张通过改变人的行为，来促进健康和社会和谐。但现代社会中，很多关系被扭曲了。我特别想知道，从佛教的角度怎么理解这些关系？比如佛教中有师徒关系、家庭中有父子关系、医疗中有医患关系。

从公共卫生学的角度看家庭关系，很多年轻人重视给孩子接种疫苗，对家里的老人却不重视。父母对孩子的付出与孩子对父母的付出，相差越来越大，这种现象已经司空见惯。事实上，子女孝顺与否对老人的心理和身体健康有重要影响。此外，师生关系在十年动乱中被严重破坏，当前的医患关系也比较紧张。凡是伦理问题都与人的劣根性有关，这些对健康太重要了。那么，佛教怎么看待这些关系，怎么维护人间伦理？

济群法师：从佛教来说，不论师生关系，还是父子关系、医患关系，都是缘起的。中国传统文化重视做人，因为做任何事都离不开做人，所以师生间要有师道尊严，家庭中要有长幼尊卑，作为治病救人的医生，更要有德行和操守。在过去，虽然也会有人离经叛道，但大家在这样的文化教育和社会背景中，总体上还能保持基本水准。

五四运动后，我们接受了很多西方文化。其实西方也有建立在信仰基础上的道德体系，但我们在接受西学的过程中，只关注其中科技、商业的部分，并不完整。虽然当时洋务派提出了"中学为体，西学为用"的理念，但并没有得到有效落实。而在此后的发展过程中，传统文化更因种种原因出现断层。从家庭、学校到社会，很少能接受到关于做人的系统教育。

尤其在近几十年的经济浪潮中，人们急功近利，师生关系也不同程度地演变为服务者和消费者。很多老师只是从事这样一份工作，能对学生投入多少感情和精力？医患关系紧张，也和利益有很大关系。为什么很多患者对医生不信任？因为确实有些医院以利益为导向，医生也缺少过去那种悬壶济世的慈悲心，过分看重利益。而从家庭关系来说，很多人稀里糊涂就当了父母，自己还不懂得怎么做人，怎么有能力教育儿女？现在的整个教育体系，要求培养学生掌握更多技能，在社会上取得成功，但缺乏做人的教育、生命的教育。

这些都是导致关系混乱的根源。要建立正确的关系，离不开文化和教育，所以我们还是要回归儒释道，回归传统文化的轨道。从儒家伦理来说，主要是在宗法制的基础上，建立师生、父子、朋友等各种关系。虽然儒家也倡导仁爱精神，但对这些关系的维护，更多是出自家族的要求、社会的要求，而不是自身的需要。随着大家庭的解体，这些伦理道德的基础也受到影响。

从佛教来说，特别提倡知恩报恩。不论父母和儿女之间，还是师生、医患之间，一方要有慈悲心，一方要有感恩心。这是建立和谐社会的基础，也是提升和完善自我的基础。说到慈悲和感恩，很多人可能觉得只是空洞的说法，但佛教会有一整套的理论告诉你，为什么做人要有慈悲心和感恩心，做了对自他双方有什么利益，怎样才能生起这样的心。接受这些教育后，才能把正确观念落实到心行，落实到生活中。

人是什么？其实是文化的产物。接受不同的教育和社会习俗，最终会造就不同的观念、心态、生活方式。如果缺少教育，身边也没有榜样，人的自私本性就会充分暴露，导致每个人都以自我为中心，所以教育特别重要。很多时候道德能产生作用，并不在于道德本身，而是背后的力量。依基督教和伊斯兰教建立的道德，其作用来自对神的信仰。而佛教的道德观是立足于因缘因果，让我们知道，遵循道德会给生命带来什么样的成长，反之亦然。

如果没有信仰为背景，道德制定的行为准则就会显得空洞。就像很多人说的那样：我干嘛要这么做？这么做是不是傻瓜？是不是吃亏？因为凡夫是以自我为中心的，如果认识不到利他的好处，是不会主动去做的。如果我们在成长过程中，接受一种慈悲、智慧的文化教育，形成相应的人生观，身边也有很多人在这么做，而且做了之后，师生关系其乐融融，家庭关系其乐融融，医患关系其乐融融，就不会质疑"我干嘛要这么做"，而是很自然地就做了。所以一方面要教育，一方面要形成大环境，这是不可缺少的。

曾光教授：这个问题我有一点思考。从事公共卫生工作和学佛有共同点，都需要有慈悲心。因为这项事业重点要面向弱势群体，尤其是那些缺乏文化和医学常识的人群，对他们展开宣传的难度很大，而且这些人又最容易被误导。如果没有大爱之心，很难坚持下去。更何况，不少人初衷就不明确。我们队伍中的一些人，当年报考医学院校时，首选是临床医学，可高考成绩略差几分，就被公共卫生专业录取了。开学后还不知道公共卫生专业是做什么的。这种现象一直没有改变，一代代人都是如此！

要把不得已而为之的人教育成具有爱心的人、以公共卫生事业为使命的人，这是了不起的事业，甚至需要终身教育。虽然我们系统的多数人都热爱公共卫生工作，但总有一部分人，只想暂时而为之，将来还准备离开，表现出定力不够，改行跳槽的人不少。

为什么？守不住清贫是主要原因，还有就是不愿意总接触这些社会弱势群体，缺乏思想准备。

我想了解，出家也要守得住清贫吧？佛教界跳槽的人多吗？如何培养这种定力？出家人怎么树立榜样？有人问过您这样的问题吗？这问题好像很俗，但我真的是想取经。

济群法师：信仰和工作不一样。在社会上找工作，首先考虑的是生存，是改善生活。而信仰是立足于精神追求，如果为了生存，或带着谋利的心进寺院，是做不好出家人的。这在佛教中属于发心不正，动机不纯。当然，佛教本身就是一种教育，不管开始是什么动机，都可以帮助他改造。关键是有一个生态环境，给他正向引导。

公共卫生系统作为一个行业，首先离不开整个社会的大环境。当大环境总体比较功利，必然会波及各行各业。其次，这个行业自身的生态系统因此受到影响。但在同行中，是不是还有很多人真正献身于这个事业？还能不能看到高尚的人格和榜样？第三是相应的职业教育，对于进入公共卫生事业的人，不管他当初带着什么动机而来，只要进入这个系统，就有一套机制，把他教育成符合要求的从业者。如果有良好的生态环境和教育机制，最初的动机并不重要。

事实上，慈悲心并非天生就有，是需要通过教育培养的。我曾在深圳给清华 EMBA 班的企业家们开讲"企业家的慈善精神"。

很多企业家做慈善时，不一定纯粹出于爱心，也会有各种动机。如果这样的话，当结果不符合预期，或做的过程中遭遇挫折，就会很痛苦。所以我提醒大家，首先要培养慈悲心，传承爱的文化。包括儒家的仁爱、基督教的博爱，还有佛教的慈悲大爱。真正认同这种爱的文化，再来做慈善时，就会有源源不断的精神力量。

拥有慈悲大爱，会让你的心态和人格得到改变，生命品质得到提升，同时会让你增长福报。因为你的人缘会更好，社会大众对你的认可程度会更高，做事自然也就更容易。当人们看到，这么做不仅是社会的需要，最大的受益者首先是自己时，自然就愿意去践行。所以关键是把教育做好，把其中的原理讲清楚。如果只是说要多做好事，要全心全意为人民服务，却没有让大家知道这么做的好处，是没有多少说服力的。

曾光教授：我在美国出于好奇，见识过基督教的活动，也感受到他们的优点。比如第一次去教堂的陌生人，他们都要做介绍，大伙热烈鼓掌。有次是捐献活动，因为教堂的窗帘太旧了，要换新的。募捐过程中，两个教徒各站一边，向大家传递银盘子，每个人自愿投钱或支票。结束后不公布谁捐了多少，没捐的人不觉得尴尬，捐的人也没什么荣耀。虽然支票有签名，但从不公布，鼓励人连名义的报酬都不要。接受这种教育的话，只有真正想捐的人才会去做。而我们有的单位组织捐献，谁捐献棉鞋一双，谁捐献衣服多少件，谁捐献几十块钱，都要列出来，红榜一贴，捐多的很光彩。相比之下，我觉得前面那种捐献方式挺好，大爱不留名，净化心灵。您同意这种观点吗？

济群法师：培养慈悲心，对大众来说有个过程。虽然高调行善容易引起非议，但总比不做要好。在佛教中，布施包括有相布施和无相布施的不同层面。所谓无相布施，即不执着布施的"我"；不在乎布施对象是谁，对自己会不会回报；也不衡量布施的物品是什么，比如贵重的就不舍得布施。纯粹是出于慈悲，看到别人有需要，自然就去捐献，就愿意帮助对方，此外没有任何想法。捐献后也不执着我对他有什么帮助，不执着他因我而受益，应该对我怎样，所有这些分别都没有。做过就做过了，这在佛教中叫作"三轮体空"。但一般人还是会有我相，有我执，觉得不留名就不爽，这是可以理解的。在某个阶段，这种方式的捐助既是对他行善的鼓励，也是对其他人的促进。

曾光教授：比尔·盖茨是世界上著名的大慈善家，而巴菲特是给盖茨基金会捐钱最多的人之一。他觉得盖茨基金会做得好，钱捐到那里很放心，何必自我留名，再建立什么巴菲特基金会。但十年后，他要找盖茨算账：我捐出的钱，基金会做了什么，取得哪些成果？这件事在全世界传为美谈。从这样的捐献中，确实可以看到人的境界。我还有个问题是，一些公共卫生从业者好心好意做事，有时却不被理解，甚至被攻击，应该如何看待这些现象？

济群法师：这种现象在社会上还不少。我们为什么觉得自己受委屈？为什么觉得被伤害？其实是因为内心有一种设定，觉得自己做了件好事，结果应该是好的。但佛法告诉我们，不要活在自我设定中，要学会用缘起的眼光看问题。如果你有设定，确实会觉得某些事简直莫名其妙，忍无可忍。当你从缘起来看待，就会接纳一切现实。你会认识到，任何一个人的存在，他今天有这样的想法、心态、人格，会说出这样的话、做出这样的事，都是正常的。

当然，正常不等于正确，更不等于我们要因此顺从对方。但在理解和接纳的前提下，我们会更理性地看待对方，更善巧地处理问题。未来遇到同样情况时，还可以把这些现象放在评估范围内，重新考量，究竟做还是不做，如何避免这些问题。有了这些思考，你在做事过程中会更坦然，更有承担。所以说，改变认知特别重要。

去除心理病毒，守护同一健康

曾光教授：我想知道，信佛的人会更健康吗？包括生理健康和心理健康？你们有没有对出家人的健康状况做过调查？有没有这方面的统计数据，还是自己这么认为？

济群法师：我们没做过大数据分析，没办法绝对地说，有信仰的人一定是健康的。事实上，很多人虽然信佛，但并没有得到正确引导。比如有人跟随的老师就有问题，也有人自己盲修瞎炼，学得很混乱。那样的话，他不仅没办法通过学佛解决过去的人生问题，还可能因此带来很多学佛的问题。这种现象也不在少数。

如果有正确的引导，具备正确的学习态度和方法，他的观念、心态、生命品质一定会有所改变，一定比过去活得更健康。在我们的三级修学系统中，这样的实例数不胜数。这些学员的身心健康程度，会超过普通人的平均水平。这点我很有信心。

曾光教授：学佛者的健康指标可以通过流行病学调查来证明，而且生理健康和心理健康都可以测量。如果有好的结果，将有利于佛教的发展。可以对寺院中的出家人、居士，和社会上同样年龄、性别的人采取对照调查的方法，得出这两组人群的对比数据，其实并不难做。如果需要，我们可以提供帮助。

济群法师：我想，未来可以面向三级修学系统，对学员们做一次大数据的健康评估。

佛教中有关"清净"的概念，和公共卫生学有相通之处。我们希望身体和环境保持卫生，必须消除种种污染源。学佛修行的重点，则是要消除内在的心灵病毒。佛法认为，每个人都有"贪嗔痴"三毒，这是一切心理疾病的根源。比如现代人常见的忧郁症、焦虑、恐惧、没有安全感等，其实都和贪有关。因为贪，总想抓住什么，但世间一切都是抓不住的，欲求而不得，痛苦、烦恼就接踵而至了。

从佛法来说，心是一切问题的根本。心理问题会影响到身体，也会影响到环境。因为欲望的不断膨胀，人们毫无节制地开发自然，索取资源，使地球遭受了几乎不可逆转的破坏。

曾光教授： 从公共卫生学的角度看也是这样。我们现在面临的很多新问题，涉及群体的主要来自贪和痴，嗔更多是表现为个体。有很多相关事例。比如在养殖业的发展中，为什么流感病毒总是在变异？因为农户想在经济上全面提高，所以又养鸡，又养鸭，又养猪，又养鱼，人也天天和它们在一起。过去觉得这种饲养模式好，可以多获利。而且出于对利益的贪求，不断扩大规模，潜在的问题也随之增长。而痴就表现在缺乏科学常识，没意识到这种饲养模式的危害，不知道鸡鸭离得太近，鸡的病毒就可能传染给鸭。鸭虽然轻易不感染鸡的病毒，但万一传染，就可能造成病毒变异，产生新的病毒亚型，对人类和禽类健康构成重大威胁。病毒还可能经过猪的变异，再传到人身上，形成病毒的循环。"魔"就由此产生。

这样的病毒传播起来就不是本地流行的问题了，还会跨省甚至跨国流行。历史上几次世界范围的流感就是这么造成的，曾导致千百万人死亡，造成巨大的灾难。我们应对的办法就是改良养殖业，养鸡的专门养鸡，养鸭的专门养鸭，彼此生态隔离。这就是公共卫生学"同一健康"的观念。

环境污染同样如此。片面发展经济，过度追求业绩，把 GDP

当成唯一指标，结果破坏生态环境，本质也是出于贪和痴。怎么改变？一方面要积极宣导，让参与者改变观念；另一方面要有社会导向，政府要倡导全面发展，不能因为GDP高了，官员就得到提升，污染了环境也要追究责任。总之，要根据因缘因果，从产生问题的根源来分析，还得有科学依据，这样才能使社会平衡、健康地发展。

您讲的三种心魔，我按逻辑关系的排序是：贪、痴、嗔。为什么把嗔放到第三？因为嗔往往是贪和痴的后果。人有贪心，没智慧，就会引发嗔心。人为什么会起嗔心？可能是达不到自己的欲望，可能是感觉别人伤害了我的利益，也可能是自己缺乏理智、科学的判断，和各种关系不和谐。

公共卫生事业的工作重点对象是"弱势群体"。一般来说，越贫穷、越没知识的人，也是越脆弱、社会化程度越低的人。但这些最需要帮助的人，往往不会主动找我们，需要我们去找他们。他们在哪儿？有多少？怎么接近他们？怎么帮助他们？比如儿童免疫不足，需要打疫苗，需要掌握他们的详细信息，不能漏掉一个。又如对有心理问题的群体，怎么识别？如何接近？怎样帮助他们化解心魔？都是公共卫生部门的老大难问题，需要从理论到实践。为群体化解心魔，哪怕只是开一个开头，或有一点小小突破，都是非常可贵的。

济群法师：说到贪嗔痴，佛法为什么会把痴放在最后？主要是根据我们对这些烦恼的认识。贪和嗔的表现比较明显，而痴比较微细。痴不仅指判断错误，也指没有人生大智慧，不能认识生命和世界的真相。智慧和知识的不同在于，智慧认识的是本质，知识认识的是现象。哲学叫"爱智慧"，因为它关心的是本质：我是谁？生命的意义是什么？世界的真相是什么？这些都是形而上的大问题。

公共卫生学领域包罗万象，涉及面广，包括心理问题、生理问题、社会问题、自然环境……这些都会影响人类健康。很多人认为发展经济高于一切，结果拼命工作，把身体搞垮了；不择手段，把心态搞坏了；索求无度，把环境破坏了。如果没有健康的身心，没有适宜生存的环境，人生能有幸福可言吗？钱又能解决问题吗？这实在是本末倒置的做法。所以我常说："修身养性是人生最好的投资，身心健康是人生的第一财富。"

公共卫生部门要倡导这些观念，让大家认识到，身心健康才是幸福的重要组成部分。我觉得，这也是公共卫生事业的核心价值，因为人类所做的一切都是为这个核心价值服务的，是为了获得幸福。如果没有健康的身体和心态，病魔缠身，烦恼重重，即使有再多的钱、再丰富的物质，也没能力享受生活，更不会有幸福可言。

曾光教授：从学习借鉴的角度，我欣赏佛教的两大优势。一是公信力，能让公众相信，说话就容易奏效；二是有戒律，不但教人行善，也规范学佛者的行为。因为很多疾病都来自人的不良行为和心态。所以我们应该合作起来，向广大民众普及公共卫生知识。全国有那么多寺院，如果以寺院本身的优势，结合佛教教义来宣传公共卫生知识，促进身心健康。这样做效果会更好。

济群法师： 自古以来，佛教一直在做这样的事，只不过没用"公共卫生"这个概念。前面说到，在所有问题中，心是制造一切问题的源头。比如环境、健康、心理疾病等种种问题，都和人类的贪嗔痴有关，和心的问题有关。这正是佛教解决的重点。

也有人说，如果都像佛教提倡的那样，社会还要不要发展？在他们看来，发展就是真理，却不关心这种发展是不是盲目的。我们要看到，贪欲是发展背后的重要推手。佛法就是从解决贪嗔痴入手，引导人们有智慧地认识人生，认识人与人的关系，认识人与社会的关系，认识人与自然的关系。这样才能建立共赢的、可持续的发展。

西方哲学是二元对立的，把世界分为主体和客体。人是世界的主体，世界是为我服务、为我所用的。但在东方文化中，儒家有天人合一的思想，佛教则把人和世界的关系称为"依正不二"，大自然是众生业力所感的果报，也是我们在世间生存的重要组成部分。自然为人类提供滋养，人类可以使用但不能破坏自然，否则，自己将成为受害者。

除了和自然的平衡，我们还要处理好人与人的关系，这也关系到自他双方的身心健康。近年来，恶性案件时有发生。为什么人们之间会有这样的敌意？就是过分张扬自我造成的。从轮回的角度看，六道一切众生都曾有过父母、兄弟、姐妹的关系。很多你今生不认识的人，在过去生中，其实都是亲人。而从空性的角度看，人和人，乃至世间万物，本质上是一体的，不可分割。

我们知道观音菩萨大慈大悲，具体地说，是"无缘大慈，同体大悲"。所谓无缘大慈，即没有任何条件地平等帮助他人，不分亲疏，没有好恶。所谓同体大悲，就是把众生的需要当作自己的需要，把众生的痛苦当作自己的痛苦。在帮助众生时，就像自己身上痛了，马上会用手去抚摸那么自然。换言之，帮助众生就是在帮助自己。

当我们认识到，自己和六道众生、天地万物都是一体的，自然会对众生心生慈悲，和谐相处。这种慈悲可以打破我们和众生的隔阂、和自然的隔阂，让心回归本来状态，从根本上解决社会乃至环境的种种问题。如果仅仅针对事相，可能在枝末上解决问题。即使这个问题解决了，但源头还在，还会出现新的问题。

曾光教授：对于人和自然的关系，我确实佩服佛法的胸怀。其实，公共卫生学讲的"同一健康"，与佛法也有相通之处。就像刚才讲到人类的健康、禽类的健康和环境的健康，其实也是同一健康。就像您说的，自然和我们是一体的，密不可分。同一健康这个名词进入中国，但我们还没有真正做到，还在努力，还有距离。不管怎么说，已经开始有进步了。

公共卫生观念的进步来之不易，经历了很多教训，如 SARS 病毒暴发、禽流感威胁等。而改革就要涉及产业革命，涉及人的行为，改起来不是简单的事，不是道理讲通就立刻能改的。因为这种改革可能涉及成千上万人的饭碗，涉及社会上各个产业集团的兴衰，涉及失业、贫富等一系列社会问题。所以说，公共卫生和社会发展关系密切。

济群法师：前面说到，公共卫生是公有、公平、公益、公开、公信的事业。从理论上说，要面对社会上的所有人，但事实上，我们不可能帮助所有人，所以才把重点面向弱势群体。但我们要看到，有些问题是普遍的，不仅弱势群体存在，其他群体也存在。比如公务员、企业家等，在社会上属于精英。但在这些群体中，有心理问题的人也不少，他们同样需要关怀。

作为一项公共事业，光靠这一行的从业者，能做的非常有限。所以特别需要加强宣导，让大家认识到，公共卫生事关每个人的切身利益。就像普法一样，让大家从观念上改变。同时还要动员社会各界参与，借助社会的力量，共同推动这项事业。佛教界也应该积极参与。因为佛教本来就要普度众生，有责任在这方面发挥特有的作用。

曾光教授：您这样的佛教界大德，有大公共卫生的观念，非常了不起。我们的共同点在于教育，您在各地宣讲佛法，教大家怎么行善。我也在全国各地做公共卫生事业的宣传教育。

公共卫生领域的分支众多，凡是涉及人类健康的领域，都在公共卫生事业涵盖的范围，包括食品卫生、营养卫生、职业卫生、环境卫生等。涉及那么多领域，有一支解决公共卫生问题的先锋队，我们叫"流行病学"。比如人的一生从出生到死亡，在什么阶段容易得什么病。此外，城市有城市的问题，农村有农村的问题，东部有东部的问题，西部有西部的问题。在不同的时间、区域、人群，流行特点及造成的公共卫生问题各不相同。流行病学就要监测动态变化，对各种数据进行统计。

一旦出现什么变化，比如传染病流行了，都是流行病学的战场。我们要立即深入现场调查，搞清疾病背后的危险因素。疾病是如何传播的，发病率和死亡率有多少，进一步，则是如何预防控制。这是现场流行病学的特点。"中国现场流行病学培训项目"是我在中国开创的，每期两年，一期一期地培训，已经开设第十七期了。

济群法师：你们真是功德无量。

当公共卫生遇到佛法

曾光教授：我们来讨论一个史无前例的话题：佛教如何参与公

共卫生事业？需要在两者之间搭一座桥梁。公共卫生工作涉及广阔的领域，我们探讨一下，从哪儿开始合作？怎么做效益最大？我们人力有限，能做的事有限，但如果有畅通的渠道，同样可以把事情做大。比如我们培训的现场流行病学专家回到各省后，又对本省县市的学员进行培训；县市学员接受培训后，又对基层人员进行培训。培训效果就会不断延伸，这是我们的做法。

在中国，寺院很多，而且去寺院进香的信众也很多，常来常往。如果在寺院做一些公共卫生的宣传，把相关知识结合佛教的戒律或法义来表达，或是规劝，或是警示，促使人们改变不良行为。哪怕只是针对少数几个问题，只要让人愿意接受，起到效果，都是功德无量的。因为人们对寺院的箴言警语很感兴趣，立意深刻的一两句话，往往使人过目难忘，很可能会再去传播。如果寺院在促进心理健康方面发挥独特作用，可以有效弥补公共卫生领域的薄弱环节，为民造福。我希望，这次谈话能点起一把火。

济群法师：这次交流是非常好的开始。在此之前，我对这个学科了解得很少。通过对话，我也想做一些与公共卫生领域有关的讲座，或在说法时带入相关思想。如果有因缘，我们还可以在公共场合继续对话。虽然我们的立场和视角不一样，但关心的事情一样，都是要造福社会，使众生身心健康。这是我们共同的目的，可以共同来做。

曾光教授：如果能实现，就太好了！我在七十岁生日时吟了一首诗,其中一句是"人民健康比天大",这是发自内心的。

济群法师:这是菩萨道的精神。不论是不是佛教徒,只要有利他心,对社会大众有一份慈悲、博爱的精神,就是在行菩萨所行。

曾光教授:这还不敢当,但如果公共卫生部门的宣传员能被赞扬有菩萨心肠,我想,会唤起他们崇高的责任感。如果社会都这样认识我们,对公共卫生事业是很大的鼓舞。

济群法师:我们可以结合起来,业务方面您来培训,慈悲大爱情怀我们来推动。如何让人们树立理想,培养利他的菩萨精神,是我们比较擅长的。

曾光教授:希望好事成真,强强联合,实现美好的愿景!我想做的,就是将公共卫生观念传递给百姓,让他们更健康。我们以后做培训,可以请您讲一讲公共卫生人怎么培养利他心。您办佛学讲座时,我们也可以去讲一讲,从公共卫生学的角度,怎么认识天人合一,怎么共同发展。

在佛教界,主要是信众到寺院请益,这和医院有点相似。患者去医院求医,得挂号看病,医生不主动找患者。寺院也是如此。信众到寺院进香,求平安,求加持,僧人往往敲磬赐福,以此代替语言交流。我觉得,寺院完全有可能做得更多。解除心魔需要僧俗的对话、沟通,才能为大众指点迷津。历史上有些高僧位居国师,能给皇帝解惑,影响很大。相信在法师的弟子中,不乏企业家或有影响的人,如果在为他们解惑的同时,让他们也参与解惑的环节，可以起到很好的传播效果。再好的理念，也需要传播才能发挥作用。

从事公共卫生调查需要统计指标，搞清多少百分比的人知道了，多少人还不知道。这些不知道的，就是我们下一步的工作对象。寺院也是同样，有人来到寺院，应该如何宣导？而那些不到寺院来的人，未必没有问题，对这些人该怎么办？怎么惠及他们？基督教比较重视社区宣传，我去过非洲津巴布韦一个很偏僻的农村，也有座小教堂，一位传教士长年在那儿主持礼拜，和当地人打成一片，为他们答疑解惑。我觉得，宗教之间也可以互相借鉴。

济群法师：内修外弘是出家人的本分，一方面要自己修行，另一方面要传播智慧、健康的文化，造福社会。这也是寺院的基本职能。在修行上，佛教有小乘和大乘之分。乘就是车，有的车只能坐自己一个人，有的车还可以搭载很多人。汉传佛教属于大乘，就是很大的车。我们要到达彼岸，不仅要自己去，还要带着一切众生同行。从全人类，到一切动物，都是我们希望帮助的对象。观音菩萨的大慈大悲，就是对每个众生都能平等慈悲。如果还有一个众生是你不愿帮助的，就说明慈悲没有圆满。

曾光教授：公共卫生学的"大乘"，就是国际公共卫生。全人类都在同一辆车上，安危与共。一国的公共卫生问题，可以影响到全世界。

济群法师：尤其在今天，地球是人类共同的家园，生活其中的人唇齿相依。在过去,世界其他地方发生了什么,彼此都不知道,也不受影响。但现在,人类的命运息息相关。世界任何一个地方发生战争、火灾、金融风暴等,都会波及全球。如果只想自己幸福、健康就可以,那是很难的。因为有太多的因素会干扰你,影响你。现在倡导"人类命运共同体",这就需要有博大的胸怀,从更高的角度看待幸福和健康。从广义上,公共卫生事业是跨国界的,甚至是跨地球的,关系到太阳系、银河系。因为一切都是众缘和合的,每个因缘,都在产生各自的作用。

　　对于出家人而言,个人修行和教化社会是相辅相成的。其中,个人修行是前提。当我们要帮助别人时,必须有健康的人格、心态,也要有高超的业务能力,知道什么是适合对方的开示,也知道传播哪些有益的观念,包括佛法智慧,也包括公共卫生这样的世间法。总之,只要是利益众生的事,寺院和出家人都应该根据自身能力积极参与。

　　佛教中,菩萨可以用各种身份服务社会,帮助大众。比如观音菩萨有千手千眼、千百亿化身。说到菩萨,不一定是出家人,可以是佛教徒,也可以像曾教授这样,以专家的身份,通过公共卫生领域的渠道造福社会,也是利益世间的方式。

　　公共卫生事业所做的事,和佛教有密切关联。佛教传入中国两千多年,一直在守护百姓的心理健康。我经常去参加心理学界的论坛、交流,发现这些专家解决的问题,正是我一直在做的。

很多信众遇到问题，或有什么心结，甚至心理疾病患者，如果愿意接受引导，通过一段时间的学佛、禅修之后，问题都会得到不同程度的解决。"心病还须心来医"，这个心会患病，也能自疗自救。首先要从观念开始改变，重塑价值观，学会调心之道。在心理健康方面，佛教有理论，有实践，所以自古以来就被称为"心学"。

在公共卫生领域，控制疾病的重要做法是隔离，让病菌不再传播。同时增强体质，接种疫苗，提高身体的免疫力和抵抗力。在佛教中，戒律是起到隔离的作用。因为很多心理疾病和接触环境有关，远离不良环境，可以减少疾病诱因。此外，禅修可以训练我们的觉知力，让心安住在善所缘，从而阻止不良情绪的发展。通过这些方式，培养心的正向力量。

对于增进心理健康，佛教有一套完善的体系。从环境来说，"天下名山僧占多"，很多寺院地处山林，幽静清凉；即使位于城市，也以其宁静庄严，成为红尘中的净土。从生活方式来说，佛教倡导简朴、自然、少欲知足的生活，既有利于身心健康，也有利于对生态环境的保护。在心灵环保方面，佛教更是有着大量的理论和禅修方法，引导我们从改变观念、心态，到提升生命品质。总之，佛教在这方面本身就有良好的传统，如果再结合公共卫生学的相关常识，针对现代人的特点进行宣导，的确可以发挥很大的作用。

构建人人健康的社会

曾光教授：现在的医患矛盾很突出。我觉得，首先这种矛盾不是孤立的，它和教育、文化及公共卫生等问题是同步出现的，是社会弊病在医务界的反映。医生是崇高的职业，医院是救死扶伤的圣地。可在某个时期，为了发展经济，政府对社会公益事业减少投入，让医院自己创收，所以医院就会采取一些措施，从患者身上多赚钱。其次，"让一部分人先富起来"的说法也有影响。大家都希望先富起来的人包括自己，所以医药厂家趁虚而入，出现开药给回扣的现象。此外，还有送红包等问题。其实这就是医疗腐败，是对医生的精神污染，使医患之间丧失信任。

当发生医患矛盾时，法律界总是把患者当作弱势群体，推出"举证倒置"。首先让医生证明自己无过错，否则医生就败诉。但这种做法不是从根本上解决问题，反而可能加剧医患矛盾。因为医学界需要伦理，医生需要得到信任和尊重。而且医学不仅是循证医学，也是经验医学。有时在证据不足或相互矛盾的情况下，医生必须靠经验做出判断，立即解决，晚几分钟就会错过抢救机会。当然，抢救也不一定能挽回生命，也有抢救无效的。这是医生经常遇到的。可举证倒置出台后，限制了医生救死扶伤的主动性，因为做好事可能成为被告，对医学发展不利。甚至可以说，举证倒置鼓励了患者去告医生。因为医生抢救病人时，如果没时间收集完整的证据，一旦抢救不成功，就可能吃官司。医生变得缩手缩脚的结果，是使患者失去抢救机会，倒霉的还是患者。所以应该取消举证倒置，事实上，制定这个法规并没有经过医务界的认真论证。

从某种意义上，医务界也是弱势群体，有关自身的重要法规没有充分参与制定，却要被迫执行。在患者方面，医闹们把医生整得风声鹤唳，害怕上班，很多优秀人才不愿学医。现在考医的分数大幅度下降，失去优秀生源，是今后国民健康的重大损失。这些社会现象必须彻底改变，医生要自律，患者要尊重医生。可以说，医患和谐是健康社会的基础，也是保障。

我觉得，只能通过社会治理来解决这个问题，不合规的要合规，不合情理的要合情理。现在整个社会在治理腐败，医务界的腐败也大大收敛。在这些方面，佛教应该发挥什么作用？怎样大有作为？

济群法师：这确实是一个重要的社会问题。不管医生和患者也好，教师和学生也好，各行各业都会受到社会大环境的影响，很难单方面去责怪谁。在这个洪流中，不管你愿意还是不愿意，每个人都被裹挟着，随波逐流。只有极少数特别有勇气的人，可能会在洪流中保持定力，或抽身而出，但多数人没有这样的勇气，或没有这样的条件，无可奈何。

传统的医生非常讲究医德，而且会代代相传。如果你缺乏医德，就会失去口碑和患者，而且社会舆论会让你认识到，这么做是不对的。而今天的医生多数是在医院中，个人的德行和口碑并不是很重要。如果在学习阶段没接受相应教育，在工作期间又没有来自同行或患者的监督，很难自觉认识到这个问题。

从患者的角度来说，确实也是弱势群体。作为患者，当然希望得到最好的医疗，早日恢复健康，这种心情是可以理解的。但他们未必有相关常识，也未必能以理性的心态面对各种问题。因为不仅医生缺乏做人的教育，患者也缺乏这些素养。如果彼此站在各自的立场，不去理解对方，矛盾就在所难免，最后导致各种医患问题。解决这些问题，离不开教育，也离不开整个社会的大环境。

曾光教授：现在整个社会都需要加强做人的教育。医学院基本是专业的学习，缺少人文教育。因此，医务界要振兴传统的医德教育，以此培养医生的素养，良好的医德要代代相传。同时，社会要加强尊医的宣传。从整体看，医生依然是救死扶伤的菩萨，不要一叶障目不见泰山。

我觉得，针对不同的社会问题，需要有不同的措施和步骤。就像医生做手术，该拿钳子、剪子还是拿缝针，都取决于需要。解决医患矛盾问题也是这样，需要多种工具和措施，不是什么都用一种方式解决。当然，佛教劝导大众的结善缘，可能对医患双方都是良药，在过去和现代都适用。

刚才我提到社会治理的问题，其实很多事，我觉得是一句话：大道至简。比如举证倒置，就是把简单问题复杂化了。其实不应限制医患中的一方来解决问题，结果会加深医患矛盾，还浪费了不少资源。医生为了自保，该检查的、不该检查的，都给患者做检查。我从 1970 年起，在最贫困的山村当过九年临床医生，连起码的化验条件都没有，但我抢救了大量病人。可以说，在那个乡村医院，想把疾病诊断清楚都是不可能的。即使这样，也必须抢救。那时交通不便，家属没能力把患者送到七十里以外的县城去抢救，送去也未必能活着回来。我抢救了，患者还有希望，否则只能眼看着死亡。在当时，医患关系特别好。患者相信医生，医生也尽心尽力为患者服务。我没有一次被患者家属告过，这不意味着我医术很高，只能说我尽心尽责了。

这种和谐氛围是几千年延续下来的。现在却被打乱了，医患关系特别复杂，真不如过去纯洁、简单的好。怎样才能让社会回到过去的和谐？

济群法师：这有不同的切入点。如果从根本上解决，确实是大道至简。从佛教角度来说，如果每个医生都有慈悲济世之心，每个患者对医生有更多的理解和感恩，双方都具备良好素养和相关常识，医患关系自然就解决了。如果从现象上解决，就要看到，是众多因素导致了这些矛盾，需要通过相应的道德准则和合理的机制来平衡。

曾光教授：儒家非常重视人与人之间的伦理，比如君臣关系、父子关系、师生关系、夫妻关系、兄弟关系、医患关系。这种伦理关系不能随便打乱。在这方面，儒释道三家都能做出很好的解释。

最后，请济群法师总结一下这两天的交流！

济群法师：随着社会的发展，人们逐步从关注物质财富，提升到关注身心健康。作为公共卫生领域，对健康的关注也在逐步深化：从身体的健康，到生活环境的健康，进而走向心理的健康。

在此过程中，公共卫生学科应该吸收东方文化，尤其是佛教的理论和实践经验，在彰显东方优势的同时，也在世界上呈现出自身特色——中国公共卫生学的特色。这样不仅可以帮助国民拥有健康的身心，也会对全人类的身心健康有所帮助。

曾光教授：两天的时间转瞬而过，公共卫生事业与佛法如此深度相遇，在历史上是第一次吧？法师以天下苍生为念，从佛法角度解析了公共卫生领域的一些问题，令我高山仰止。我是抱着求学的心态而来，对法师阐述的佛教思想有了一点认识，收获颇丰。我很享受与您的相遇相知，也惊喜地发现，公共卫生事业与佛教有如此丰富的共同语言。大道相通，千真万确！更可贵的是，您表达了今后共同参与公共卫生的愿景，受益的将是芸芸众生。以您在佛教界的威望，从愿景到实现，如能做出寺院参与公共卫生的样板，将会写入公共卫生的发展史。

佛教与"一带一路"
——与中国社科院学部委员魏道儒教授对话

如何让生命更美好

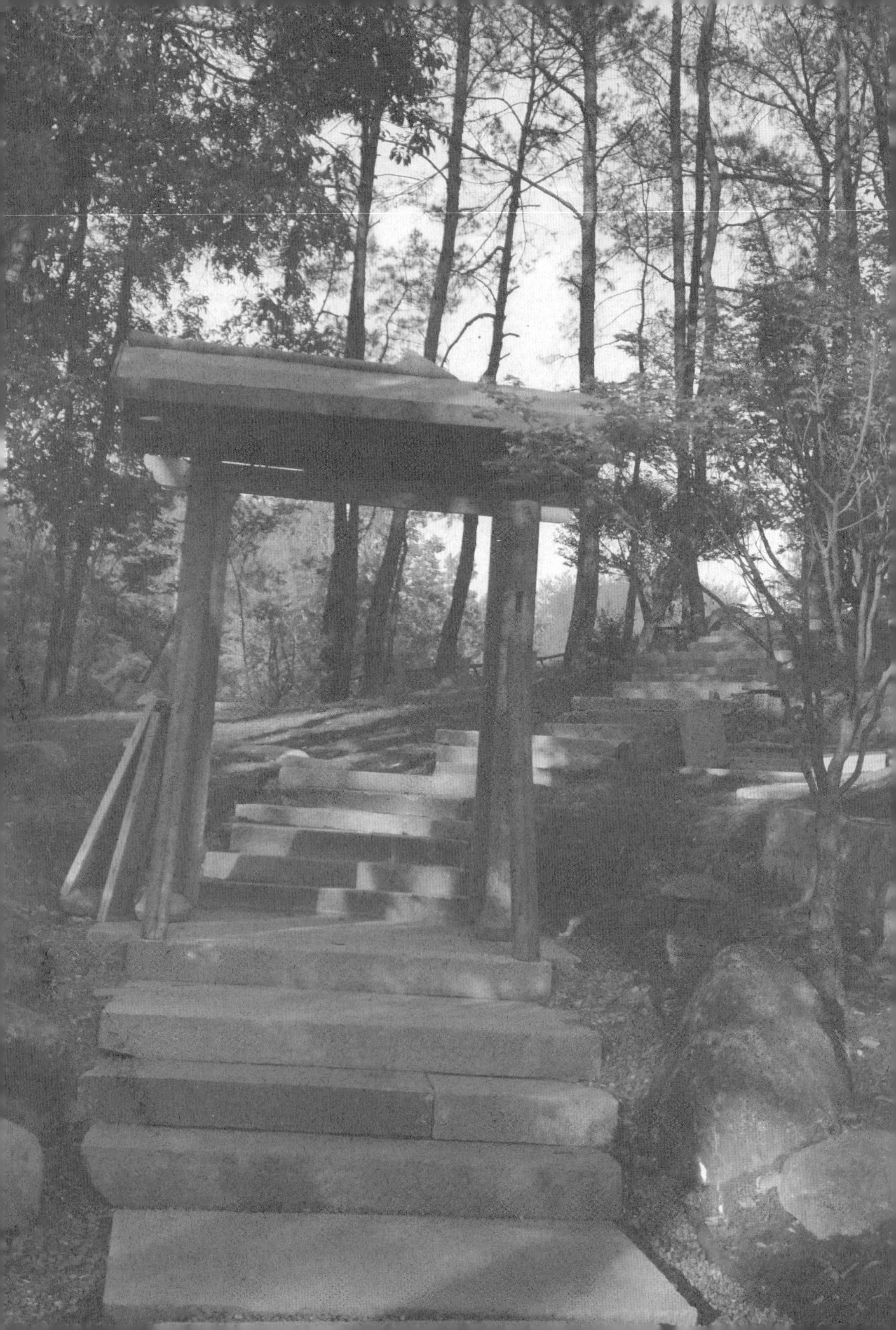

2018年10月30日，举世瞩目的世界佛教论坛在福建莆田召开，全世界的佛教领袖、高僧大德云集于此，论坛就当代佛教和人类社会发展中存在的问题进行讨论。其中新媒体论坛以"佛教与一带一路"为主题，邀请中国社会科学院学部委员、世界宗教研究所魏道儒教授，与戒幢佛学研究所所长济群法师共同对话。两位嘉宾从"感悟佛教、文化性格、西来东渐、信仰实践、和平互鉴"五个方面深入交流，令与会者深受启发。本次对话由北京佛教文化研究所定明法师策划，浙江大学东亚宗教文化研究中心主任孙英刚教授主持。

对佛教的感悟

孙英刚教授：我们知道，佛教在亚洲的兴起与传播，是人类文明史上的大事。佛教从地方性的信仰，飞跃成为世界性的宗教，在人类发展脉络上扮演了非常重要的角色。佛教传入中国后，也成为中华文化不可或缺的组成部分。时至今日，佛教依然在"一带一路"及各文明体的融合中起着重要作用。这和历史很相似，古代的丝绸之路不仅是一条物质交流之路，同时也是一条信仰之路。

今天，我们有幸请到两位重量级嘉宾，围绕"佛教和一带一路"的关系，进行较为深入的探讨。两位嘉宾，一位是资深学者魏道儒教授，出生于二十世纪五十年代；一位是当代高僧济群法师，出生于六十年代，个人经历和接触佛教的心得都不同。魏教授是中国社科院学部委员、中国社科院佛教研究中心主任，主编了《世界佛教通史》，这是重要的大部头著作。济群法师是戒幢佛学研究所所长，学修并重的高僧，同时也对学术倾注了很多精力。两位分别是学界和教界的代表，对这个问题最有发言权。我们先从个人经历谈起。我想代表听众请问：两位是怎么接触到佛教的，对佛法有什么感悟和思考？不论作为研究对象还是信仰来说，相信你们的经历会对大家有所启发。

魏道儒教授：这个问题在一般场合是问不到的，而且介绍自己也是困难的事。我先把自己接触佛教的经历，简单给大家汇报一下。1981年，我本科四年级时，选修了西北大学历史系高杨教授的"印度古代史"，在学这门课程时接触到了佛教。第二年，我读了他的研究生，研究方向就是"印度古代史"。

通过四年的学习，我体会到三点：第一，研究印度佛教，如果不懂汉文资料，困难很大。印度佛教从公元前六世纪到公元十三世纪，这1 800年中，如果没有汉文记载，许多史实我们根本就不清楚，无法将历史梳理出清晰的脉络，对佛教的许多教义也不知道。

第二，佛教产生于古印度文化，它所倡导的世界观、人生观、价值观、方法论，它所实践的生活、修行和弘法方式，与中华民族的固有文化有很大区别。如果我们想了解中国佛教，不了解古印度文化就会产生困惑。

第三，印度佛教在十三世纪逐渐消亡，成为遥远的过去。如今在整个世界范围内影响人们并产生旺盛生命力的佛教，就其核心和主体内容来说，是中印两种文化在长期、全面、深入的交流互鉴中产生的结晶。不了解中国佛教，很难清楚地认识印度佛教，更无法认识当今的世界佛教。

所以我在1987年报考了世界宗教研究所的博士研究生，学习中国佛教，导师是杜继文和杨曾文两位先生。博士毕业以后，我就留所工作，一直以佛教为自己的专业研究对象，没有左顾右盼，没有瞻前顾后。走到今天，算来已有三十八年，虽然没做出什么像样的工作，但对佛教有了一些肤浅的认识。

在我看来，作为中印文化交流结晶的世界宗教，佛教最大的特点，是有旺盛的生命力、广泛的适应力，能随着历史发展的脚步与时俱进，不断向不同的民族和地区发展。尽管我们把佛教看作一种世界宗教，其实在二千五百多年的历史中，它90%的时间是一种亚洲宗教，走出亚洲成为世界宗教，只有二百多年的历史。这给我们一个启示：随着人类文明的进步，佛教向外传播的速度正在加快，向外传播的地域更为辽阔，影响的民族不断增加。所以我认为，佛教不仅在今天影响着许多地区和大众，未来也会在构建人类命运共同体的过程中发挥积极作用，拓展更大空间。

济群法师：我出生在一个佛化家庭，从小受父母影响，十几岁就出家了。1980年到中国佛学院学习，毕业后又在几所佛学院任教至今。四十年的出家生活，基本是在修行、教学和弘法中度过。多年的教学生涯，以及弘法中和大众的接触，使我一直关注佛教教育，关注社会问题，关注佛教在当代的健康发展。伴随这些关注，我主要致力于三个重点：

第一，弘扬人生佛教。我看到，每个人都有很多迷惑和烦恼，而佛法是人生的大智慧，可以引导我们解决迷惑，断除烦恼。在弘法过程中，我会针对社会、人生存在的问题，从佛法角度提出应该怎样看待并对治。其中有关于财富、家庭、幸福、成功等方面的思考，还有面向企业家、艺术家、心理学工作者等不同领域的交流。人生的一切烦恼，都和我们对自身及世界的认识有关。如果缺少智慧，认识有偏差，问题自然层出不穷。关于这些思考，我做了大量演讲，先后整理成几十本小丛书。

除了现实问题，生命还有永恒的困惑，包括"我是谁？生从何来，死往何去？人为什么活着？生命的意义是什么"等。这些问题是生而有之的，每个人都会有，区别只在于我们是否意识到。对于这些困惑，如果没有修行体证，是不可能靠自己真正想明白的。很多艺术家、哲学家之所以会走上绝路，正是被此所困扰。虽然他们比普通人对生命有更多思考，但涉及终极问题时，同样看不清真相，找不到意义，从而被虚无的黑洞所吞噬。对此，我也会从佛法的角度提供思考。从这些方面，让我一次又一次体会到佛法的价值。

第二，解决修学问题。作为佛教徒来说，不管出家众还是在家众，都要修学佛法，而不仅仅是信仰就可以了。佛法博大精深，尤其在今天这个资讯高度发达的全球化时代，我们可以接触到的典籍远远超过古人。究竟怎么学？我在几十年的修学过程中发现，佛教虽然法门众多，但共同核心就是解脱道和菩萨道，其中包含五大要素，即皈依、发心、戒律、正见、止观。抓住这些关键，就能快速把握佛法纲要。通过这些探索，我对修行越来越清晰，越来越有信心，同时也希望帮助更多的人明确目标，有次第、有引导、有效果地修学。

第三，思考佛教发展。在五大要素的基础上，我又提出佛教发展需要重视的六大建设，即人生佛教建设、信仰建设、大乘精神建设、大乘解脱道建设、修学次第建设和教制建设。如果我们立足于这些方面来认识并弘扬佛法，佛教一定能健康发展。

这些思考和实践，使我对佛法价值的认识日益深入，对修行及佛教健康发展的方向逐步清晰。作为出家人，我也努力把这样的思考传达出去，希望和大众共同探索，让佛教在当今时代发挥积极作用。

孙英刚教授：感谢魏老师从自己的学术历程，从佛教研究者的角度，提供了丰富的信息。感谢济群法师从个人的信仰体验，从佛教在当今社会发展的角度，进行了深入的探讨。

佛教与人类文明

孙英刚教授：佛教的发展历程，体现出它是一种世界性宗教。

佛教于公元前五世纪兴起于恒河流域，几百年后开始系统传入中国，这个过程在人类历史上非常重要。近代以来，佛教又传入欧美地区，尤其在美国，已成为重要信仰之一。

除了宗教信仰，佛教也是哲学体系、文化现象，甚至生活方式。魏老师主编的《世界佛教通史》共十五卷，八百多万字，耗时八年完成，展现了恢宏的历史图卷，让我们知道，佛教在人类文明史（现在的提法叫命运共同体）中，扮演着重要角色。但对这个发源于古印度、其后传入东亚、现在走向世界的宗教，我们却有很多误解，以为佛教只是和农业文明连在一起的。实际上，丝绸之路的商贸也和佛教关系密切。希望魏老师从学术的角度谈一谈，在人类发展史上，佛教如何从地方性的信仰发展为世界性的宗教。

魏道儒教授：佛教从地方宗教发展为亚洲宗教，进而成为世界宗教，是文明传播史上的一个奇迹。其延续时间之长，参与人数之多，影响之广泛，成果之丰硕，在人类历史上是独一无二的。在佛教二千五百多年的传播过程中，许多国家和民族的信仰者做出了贡献，其中贡献最大、起主导作用、不可替代且具有世界意义的，正是中国。为什么呢？可以从三点来看：

第一，从佛教用语来看。全世界的佛教有三大语系，即汉语系、藏语系、巴利语系。其中两大语系是中国的，且内容远远多于巴利语系。因为后者主要是公元前五世纪到公元一世纪的经论，而汉语系和藏语系的经论，从公元前二世纪一直延续到印度佛教的消亡，从未间断。从这一点就能看到，中国人在保存佛教文化资料方面起到了很大作用。

第二，从传播过程来看。佛教从西汉传入西域，直到隋唐的约八百年历史中，中国成为当时最大的佛教输入国。自隋唐以后，中国又成为最大的佛教输出国，其延续时间之长、成果之丰硕、参与者之多，也和输入时一样，没有任何国家能与之相比。从这一点，可以看出中国对佛教传播的作用之大。

第三，从文化贡献来看。早期佛典主要以西域各民族的语言记录，如巴利文、梵文等，译成汉文后，加入以儒家和道家为主的中华文化元素，转化为中国佛教，然后再传到朝鲜半岛、日本、越南和其他东南亚地区，所以我们把这些地区称为汉文化圈。当佛教输出时，是以佛教为载体的中华文化的整体对外传播，是对接受国在物质文明和精神文明方面的双重贡献。比如他想接受佛教，就要学习汉语。在今天，即使到韩国、日本、越南等地，做法事时还会念汉语，《心经》到哪儿念得都一样，除非他发音不准。这就使汉语成为沟通人神中介的神圣语言，不说汉语，天龙八部都听不懂！

可见，如果没有中国人在文化传播中的贡献，佛教就不会有如今的内在精神和外在风貌。佛教积淀了几千年，这种智慧跨越时间，跨越民族界限、地域分割，具有永恒的价值。开发这一资源，佛教在未来将有光辉灿烂的前景。

孙英刚教授：魏老师从学者的角度揭示了中国对佛教发展的贡献。我们知道，早在魏晋南北朝时期，中国已逐渐成为佛教新的世界中心，用感性的话说，中国是佛教的第二故乡。接着我们请济群法师谈谈，如何看待佛教西来东渐的意义。

济群法师：佛教的西来东渐，通过中国传到日本、朝鲜半岛乃至整个东南亚，对这些地区的文化产生了深远影响，主要体现在以下三个方面。

第一，文化的影响。佛教从古印度传入中国等亚洲国家，不仅丰富了这些地区的思想、文化，连语言都深受影响，我们今天用的很多词汇就来自佛教。就中国而言，虽有先秦的诸子百家，但汉魏之后的主流思想是儒释道三家，并对本土的文化、艺术、哲学、民俗等产生了全面影响。佛教的重要地位可见一斑。日本、朝鲜半岛也是同样，佛教一经传入，迅速成为这些地区的主流思想，全面影响着他们的文化生活。

第二，信仰的提升。传统儒家重视现世，关注怎样成为有德君子，进而成圣成贤，同时也关注如何安邦治国，建设理想社会，但对死亡及生命归宿等终极问题关注不多，所谓"未知生，焉知死"。事实上，活着不仅有现实意义，还有终极价值。前者是大家熟悉的，可一旦开始关注终极问题，就必须有宗教和文化的支持，否则是找不到答案的。整个印度文化所关注的，正是轮回和解脱，即生命如何从过去延续到现在，又如何走向未来。这就让我们认识到生命的长度和深度。所以佛教传入后，虽然经历了南北朝的碰撞，但很快被国人接受，以此提升信仰，在追求现实价值的同时，实现生命的终极价值。所以很多文人士大夫既是儒者，又是虔诚的佛教徒，儒释道思想在他们身上得到了高度融合。

第三，修身养性的作用。每个人在世间都会有很多困惑烦恼，从而引发焦虑、恐惧、没有安全感等心理问题。当人生面临这些问题时，如何加以解决？西方心理学是近两百年才出现的，而作为东方心理学的佛教，千百年来始终承担着心理辅导的角色。对普通民众来说，遇到违缘和烦恼时，会到寺院礼佛、诵经、请求开示，由此获得精神支持。对文人士大夫来说，通过学习佛法，学习大乘的空性思想和菩萨道精神，既能看透名利、地位、财富等世间利益，也能以出世心做入世事，在入世过程中保有出世的超然。可见，佛教在国人的精神生活中占有不可取代的重要地位。

佛教与中国传统文化

孙英刚教授：我们再谈一谈佛教和中国传统文化的关系，或者说，谈一谈中国佛教的文化特点。刚才法师提到，在中华文明的语境中理解，佛教是传统文化的一部分。我们知道，佛教传入中国时，曾有一个恢宏的西行求法的运动。几百年间，中国高僧前仆后继，不顾恶劣的自然环境，前往古印度求取正法，同时把佛典从梵文等译为汉文。从学术角度来看，这本身是文化再造的过程。在佛教传入中国后的发展过程中，不仅形成了新的思想、理念，甚至形成了禅宗这样具有中国特色的新教派，同时和中国传统文化紧密结合。

就像法师谈到的，在魏晋南北朝之后，笼统地讲，是儒释道三足鼎立的局面。这不仅表现于外在，更多体现为中国人的心灵结构始终在儒释道框架的影响下，有人总结为"以儒治世，以道养生，以佛治心"。关于这个问题，我们先由济群法师来谈一谈。

济群法师：佛教从古印度传入中国，虽然属于外来宗教，但在中国有二千多年历史，对传统文化有着全面深入的影响。在哲学方面，从魏晋玄学到宋明理学，都渗透着佛教的思想观念。在文学方面，从经论的翻译，到各种文学作品中出现的佛教术语和精神内涵，也体现了佛教的烙印。在艺术方面，我们今天看到的石窟、造像、塔庙等，绝大部分是人们出于信仰营造的。在民俗方面，从语言文字、道德信条到生活习惯，也处处可见佛教的影子。

另一方面，佛教的轮回观和心性论对中国文化具有弥补作用。儒家关心现世，而轮回说是立足于佛陀的修行体证，对"生从何来，死往何去"做出解读，引导我们从过去、现在、未来三世来认识生命。如果人死如灯灭的话，很多人会有莫名的焦虑——百年之后是什么？真的什么都不存在了吗？在西园寺举办的"佛教与心理学论坛"上，我们曾就死亡焦虑的主题展开研讨。因为这种焦虑极其普遍，只是程度不同或尚未意识到而已。事实上，死亡是每个人终将面对的现实，是今生最后也最重要的考验。佛教关于轮回和解脱的思想，可以引导我们认识生命真相，正确面对死亡，因为找到究竟归宿而不再焦虑。

如果说轮回观让生命有了长度，那么心性论就使生命有了深度。儒家思想强调做人，从有德君子到成贤成圣，都离不开心性的基础。如果对心性没有透彻认识，修身养性往往流于表面，是对行为而非本质的改变。所以儒家从宋明理学开始，大量吸收佛教的心性理论。只有从心性入手，才能在根本上改变生命品质。当今社会盛行心理学，而佛法在二千多年的流传过程中，早已作为心性之学，对人们解决心理问题起到了积极作用。所以，西方心理学也在广泛吸收佛教理论，用于心理治疗和咨询师本身的心理建设。

至于中国佛教的特点，我们知道，印度佛教主要有声闻解脱道，和以中观、唯识、如来藏为代表的大乘菩萨道思想，后者正是传入中国的重点。大量佛经译为汉文后，祖师们根据对经典的学修、理解和实践，形成天台、华严等八大宗派，以及本宗特有的理论体系。如华严宗的四法界、六相、十玄门，天台宗的一心三观、三谛圆融、一念三千，都是祖师根据原典做出的诠释。

中国佛教特别强调圆顿，如最具中国特色的禅宗，就是立足佛法的最高见地建立修行，给我们提供了简明、直接的修行方式，所谓"直指人心，见性成佛"。在表现方式上，摆脱了传统经教中哲学化的术语、理论、概念，直接立足于生活，在穿衣吃饭、待人接物中建立修行，以"不立文字，教外别传"，在宗派佛教中独树一帜。而在中国影响最大、信众最多的净土宗，修行方式也很直接，以"三根普被，利钝全收"而广受欢迎。在这种直接中，蕴含着华严、天台、禅宗的理论，具备融摄的特点。

总之，中国汉传佛教在理论和实修方面，都和南传、藏传有所不同，是在本土文化基础上发展出的、具有中国汉文化特色的宗派佛教。此后，这些宗派又传到日本、朝鲜半岛等地，也对整个东南亚地区产生了很大影响。

孙英刚教授：济群法师曾主讲相关课程，并出版有《佛教与中国传统文化》，对这个问题很有感悟。现在我们请魏老师从学者的角度，谈谈佛教和中国传统文化的关系，以及对中国传统文化的贡献。

魏道儒教授：佛教和中国传统文化的关系，可以从三个方面来认识。

第一，中国固有文化对佛教的影响。大家知道，中华文化自古以来就有海纳百川的特性，不拒绝外来文化，并以宽广的胸怀吸收，使得中华文化博大精深，生生不息。但中国固有文化吸收外来文化并不是照单全收，而是经过选择，经过去芜存菁、去伪存真的过程，对佛教也不例外。为适应中国社会，佛教在思想、教义、制度等方面发生全面变化，成为有中国特色的宗教。这个过程就是"佛教的中国化"。如果要一一列举中国文化对佛教有哪些影响，总有列举不完全的感觉，因为这是一个全覆盖的过程，是儒家、道家、诸子百家对佛教的全面影响，涉及方方面面。

第二，佛教对中国固有文化的影响。习近平主席2014年3月27日在联合国教科文组织总部的讲话中说："中国特色的佛教文化，给中国人的宗教信仰、哲学观念、文学艺术、礼仪习俗等留下了深刻影响。"其中最重要的是前两项，即宗教信仰和哲学观念，属于精神活动。当佛教影响到国人的精神领域时，那么在精神支配下的任何活动，包括一切物质文明和精神文明的产品，都会被打上佛教的烙印。也就是说，佛教对中国文化的影响同样是全方位、全覆盖的。我们可以列举政治、经济、文化、艺术、绘画、书法等，但仍有列举不完的感觉。

在学术上，从先秦诸子、两汉经学、魏晋玄学，经南北朝发展为隋唐佛学，此后再出现宋明理学等，都是儒释道合为一体。也就是说，魏晋之后，中国的任何精神产品都会打上佛教烙印。可见，佛教已是中华文化的有机组成部分，其影响已成为中华文化的基因，而基因是可以代代遗传的。

刚才法师说，佛教对中国影响最大的是业报轮回，信不信佛的都知道。为什么它有这么大影响？这与古印度文化和中华文化的不同生死观有关。在佛教到来之前，国人的生死观可以用八个字概括——"生必有死，死不更生。"死后就没有再生，所谓"人生一世，草木一秋"。而佛教的生死观也是八个字，前面一样，但后四个字变成"死必有生"。它把生死变成一种生命体在地点上分开、时间上重合的过程。在这种生死观的基础上，建立了佛教的修行解脱体系。中国没有这样的生死观，也就没有相应的修行解脱体系。佛教的传入，丰富了国人对生死的认识，同时在世界观、人生观、价值观、方法论上产生了变化。当然这一生死观并不是佛教独有的，在印度其他宗教中同样存在。

第三，佛教和中国固有文化是什么关系。在历史长河中可以看到，从佛教开始传入到南北朝是融合期，甚至有过剧烈的冲突。隋唐以后冲突逐渐退居其次，相互学习成了主要方向，形成三教鼎立的局面。从宋代到清代，佛教和中国文化就形成一荣俱荣、一辱俱辱的局面。只要批其中一个，一定会批另一个。到最后，佛教和中国固有文化就形成你中有我、我中有你的关系，可谓生死相依。

佛教与当代社会

孙英刚教授：两位嘉宾都已提到佛教与心灵、社会道德的关系，接下来再回到信仰实践的层面。通常认为，法律、道德、信仰是社会的三大基石。其中，法律是世间共处的规约，道德是社会良知的意识形态，而信仰是对人生的终极追求。

佛教传入中国，对整个文化和社会体系的影响很大。直到今天，依然影响着大众的世界观、人生观、生死观。我们也看到，不论过去还是现在，佛教都被社会大众赋予期望，认为佛教可以作为传统文化的载体，把社会带向和谐、美好的方向。现在社会上的戾气很重，我们想知道，在道德提升、心灵体验，及引导大众尊重生命、彼此善待等方面，佛教能扮演什么样的角色？

济群法师：在今天这个时代，很多人没有敬畏心，急功近利，甚至以利益最大化作为人生追求，为牟利不择手段，不惧犯罪。这在很大程度上和缺乏信仰有关。

如何建立敬畏心？需要引导人们思考终极问题，不仅看到这一生，看到眼前利益，还要关注生命的未来。在无尽轮回中，今生几十年是非常短暂的，即便现在富甲天下，一口气上不来，这些财富和你有什么关系？如果缺少对终极价值的关怀，我们是看不到生命意义的。有些人事业做得很大，很风光，有一天突然面临死亡，想到这些对他毫无意义，什么都抓不住，就会茫然不知所措。

只有通过对终极问题的思考，才能看到生命的有限性和无限性。在当下这短短一生中，还蕴含着无限。当生命走到终点，名利财富分毫都带不走，但造作的业力将生生世世伴随我们，决定未来走向。所以人不能仅仅为现实利益活着，还要为究竟意义努力。佛教所说的因果思想，贯穿生命的过去、现在、未来，所谓"善有乐报，恶有苦报，不是不报，时候未到"。当我们有了这些思考，就知道该舍弃什么，选择什么，而不是任意妄为了。另一方面，也能由此看到生命的差别，对有德者见贤思齐。

那么，如何让人与人的关系更和谐？西方哲学是二元论，人与人、人与世界是彼此对立的。在东方哲学中，印度婆罗门教提出梵我一如，中国儒家倡导天人合一，都是相融而非对立的关系。而佛法依正不二的思想，则从空性、觉性的层面指出，一切众生和天地万物在本质上是一体的。当我们建立这样的认识，自然会减少人与人之间的对立。此外，佛教还从缘起的理论说明，在无尽轮回中，一切众生都曾有过父母、兄弟、姐妹的关系，是相互关联的。如果我们建立这样的认识，自然会善待他人。

儒家伦理是建立在仁爱基础上，倡导"仁者爱人"，让我们从爱身边的人开始，进而扩大到所有人。佛法所说的大慈大悲，更教导我们关爱一切众生，而不仅仅是人类。这些都是帮助我们开启并建立良性的生命品质，让内心更健康，让人生更幸福。仁爱和慈悲的缺失，在很大程度上，是因为我们认识不到这些品质蕴含的价值。这就需要从观念上引导，让大家看到，爱和慈悲不仅对自己有益，当它传递出去，当越来越多的人有爱心，有慈悲，就能减少人与人之间的对立，消除冲突和矛盾，使社会更加和谐。

魏道儒教授：刚才济群法师谈到佛教倡导的伦理道德，强调了信仰的重要性，这点非常重要。我现在要谈的和法师不重复。我认为佛教有旺盛的生命力，它的广泛适应性还在于，在信仰领域外，对社会大众有积极的影响、宝贵的价值。

回顾佛教历史可以看到，佛教来到中国后，经历了再创造的过程。中国信仰者撰写了新经典，倡导了新教义，建立了新宗派，打造了新圣地，创造了新艺术，推出了新造像。以最后一点来说，我们现在看到的弥勒佛，就是在印度原有的弥勒经典的叙述基础上，加入更多国人追寻和重视的真善美的成分，强调乐观、豁达、和平、友好，宣扬对现实社会的热爱，对美好未来的期盼。其中蕴含的精神内容，是可以大力弘扬的。

在现代社会，随着科技的发展、经济的繁荣，人们的生活不断提高。甚至有人说，过去人们不敢预见一百年后会是怎样，现在我们不敢预见二十年后会是怎样，可见科技和经济的发展之快。

特别是近一个世纪以来，科技对人类社会的推动力远远大于过去，在这样的背景下，人们的精神更需要营养。

　　二千多年来，不知多少人通过佛教解决了人生困惑，找到了解脱智慧，汲取了知识学问，抚慰了心灵创伤。这样的例子非常多。在这些方面，佛教发挥作用的空间将越来越大。比如现在人心态不好，在处理人际关系时，很容易萌发"羡慕嫉妒恨"。看到对方生意做得好、工作有成绩、所得利益多，不论是熟人还是陌生人，就觉得他是不是走后门了，是不是不干好事弄来的。事实上，羡慕嫉妒恨是让自己受害。如果我们从佛教的智慧宝库中吸取一点营养，把羡慕嫉妒恨转变为慈悲喜舍，也不要求多高深，就是看见别人得到利益时，无条件地为他高兴，为他喝彩。这样做的话，对他有好处，对自己有好处，对整个社会也有好处。

　　关于佛教在当今社会起到的积极作用，我们回顾过去，就能得到新的精神资源，树立对传统文化的自信，对本民族文化的自尊，使古老的宗教文化和伦理道德焕发出新生命。同时，我们还要让佛教与现代伦理道德相结合，创造出中华民族新的精神境界。在整个人类历史上，只有中华民族的文化，历经五千年生生不息，特点正在于此。在未来，佛教也将与时俱进，焕发出新的活力。

佛教与"一带一路"

孙英刚教授：我们现在回到论坛的主题——"一带一路"，文化互鉴。关于佛教的传播，有些历史研究者认为，佛教从二十世纪开始的传播，几乎等同于一次全球化运动。它传播的宗教理念、艺术形式，包括对社会道德、意识形态的影响，是被很多文明体一起接受的。中国历史上也有类似情况，比如隋朝统一时，南北方经过三百年的分裂，文化差异很大，但佛教是双方都能接受的，所以在国家巩固统一时，佛教扮演了非常重要的角色。

我们现在提倡的"一带一路"，或者说命运共同体，历史上已经有过活生生的例子。在东亚，包括日本、朝鲜半岛，佛教也是这些地方重要的文化组成部分。就像共同的语言，大家都能说上话，都能互相理解。随着在欧美的传播，佛教更具有世界宗教的性质。关于这个主轴问题，我们先请济群法师从信仰的角度，谈谈自己的观察和感想：在建立命运共同体、推进"一带一路"的过程中，佛教扮演着什么角色？

济群法师：这次论坛的主题是"交流互鉴，中道圆融"，各语系佛弟子在一起，探讨佛教在当今时代如何健康发展，如何发挥自身作用，造福社会。这样的交流意义重大。中道不是折中，而是平等客观的如实之道，不带偏见，不固执己见，也不故步自封，代表佛法最重要的智慧。

佛教在二千五百多年的传承过程中，伴随"一带一路"，从古印度传到中国和东南亚各地，并逐步走向世界，在人类文明史上扮演了重要角色。在今天这个时代，佛教将承担更为重要的作用。十六世纪以来，基本是西方物质文明在主导世界，带来的问题日益突出。一方面，随着物欲的膨胀，人对自我的迷失日益加深，看不清生命的真正需求；另一方面，随着人工智能的出现，人们只关心科技的优化，却忽略对自我的提升。在人工智能飞速发展的今天，我们的心态、人格、心理健康并没有得到完善。事实上，心理疾病已成为日益普遍的时代病。而伴随人类的贪婪和欲望，又带来社会和生态环境等各种问题。所以很多人对人工智能心生恐慌，担心被它所取代。从另一个角度来说，如果科技越来越发达，但使用工具者缺乏健康的心态、健全的人格，世界势必变得危机四伏。

怎样才能发挥人类优势，在人工智能时代立于不败之地？东方文化为我们提供了智慧引导。从儒家重视的修身养性，到佛法倡导的明心见性，都是帮助我们认识自己，而不是在物欲中迷失。认识自己是哲学的重要课题，在这方面，佛法不仅有系统的理论，还有完整的修行方法。从某种意义上说，生命也是一个产品。我们要成为更美好的自己，必须对心性有透彻的认识，知道人性中有哪些不善的力量，又该如何消除；同时更要看到，如何开发生命中的良性力量，造就高尚的人格和生命品质。生命是可以通过选择加以改造的，而佛教正是为我们提供改造的智慧和方法。

"一带一路"是构建人类命运共同体的实践，给各国民众带来了繁荣的物质生活。与此同时，我们还要发挥东方文化的长处，为世界提供精神养分。在这些方面，佛教有着取之不尽的智慧，既有对现实人生的指导，也有对终极问题的探讨，是西方文化无法替代的。

孙英刚教授：现在请魏老师从学术的角度谈一谈，佛教在建立人类命运共同体、促进各文明体的交流、"一带一路"的推动等方面，在历史上有哪些经验可以借鉴，对现在又有什么样的观察和思考。

魏道儒教授：在构建人类命运共同体和"一带一路"的建设过程中，佛教扮演着重要角色，可以从三点来概括。

第一，要做维护和平的使者。佛教在二千五百多年的发展和传播过程中，始终体现出和平的形象，这是其他宗教没有的独特性，今后要继续发扬。

第二，要做增进友谊的桥梁，增进不同地区、国家、民族的相互认识，相互理解。在佛教史上，许多有成就的代表人物都是这样做的。

第三，要做坚守信仰的表率。自古以来，不论哪个国家的佛教高僧，都是坚守信仰的表率。他们之所以被人纪念，不是因为他们有名，而是因为他们有德，为追求真理奋不顾身，成为民族的脊梁。

在这三个方面，可做的具体工作非常多。本次世界佛教论坛就是一项重要工作。我在这里只说一点，在构建人类命运共同体的过程中，佛教要多宣扬自身先进的、有价值的、经得起历史检验的观念。这些观念很多，在此可以举几个例子。

第一，倡导平等，反对等级。佛教是从反对婆罗门教的种姓制度开始起步的，这点不但在过去发挥了积极作用，在当今世界也非常重要。佛教主张众生平等，各个国家和民族都是平等的，不能认为哪个国家优先，别的国家靠后。这个观念要坚持下去，在当代很有意义。

第二，倡导和平，反对战争。在二千五百多年的历史中，佛教从印度发展到全世界，从来没有发动过宗教战争。这种精神正是人类未来所追求的，中国也要和平崛起。依靠霸权和战争崛起已经成为历史，现在的主调就是和平与发展，不是战争与对抗。

第三，倡导共处，反对独占。人类要和睦共处，和合共生。地球是大家的地球，不是某个国家或民族的地球，人类要共同分享，而不是由谁来独霸，否则其他人往哪儿去？

第四，倡导中道，反对极端。要大力发扬佛教的中道智慧，走向任何一个极端都是不行的。

第五，倡导圆融，反对隔阂，反对分裂，反对矛盾激化。现实世界中，处处存在矛盾，我们的目的是消除矛盾，而不是激化矛盾。

这些经过历史检验、积淀了多民族智慧的佛教理念，是有积极价值的，我们要理直气壮、大张旗鼓地宣传。用佛教的话说，这是功德无量的。

孙英刚教授：感谢魏老师和济群法师，相信通过他们详细又富有感悟的讲解，大家对佛教有了更多认识。佛教已绵延二千五百多年，不论在信仰、文化还是历史领域，都扮演非常重要的角色。我们期望学术得到推动，文化得到进步，佛法继续弘扬。

玄奘心路与中国人精神建设

——2017 年 9 月为戈友会开示

如何让生命更美好

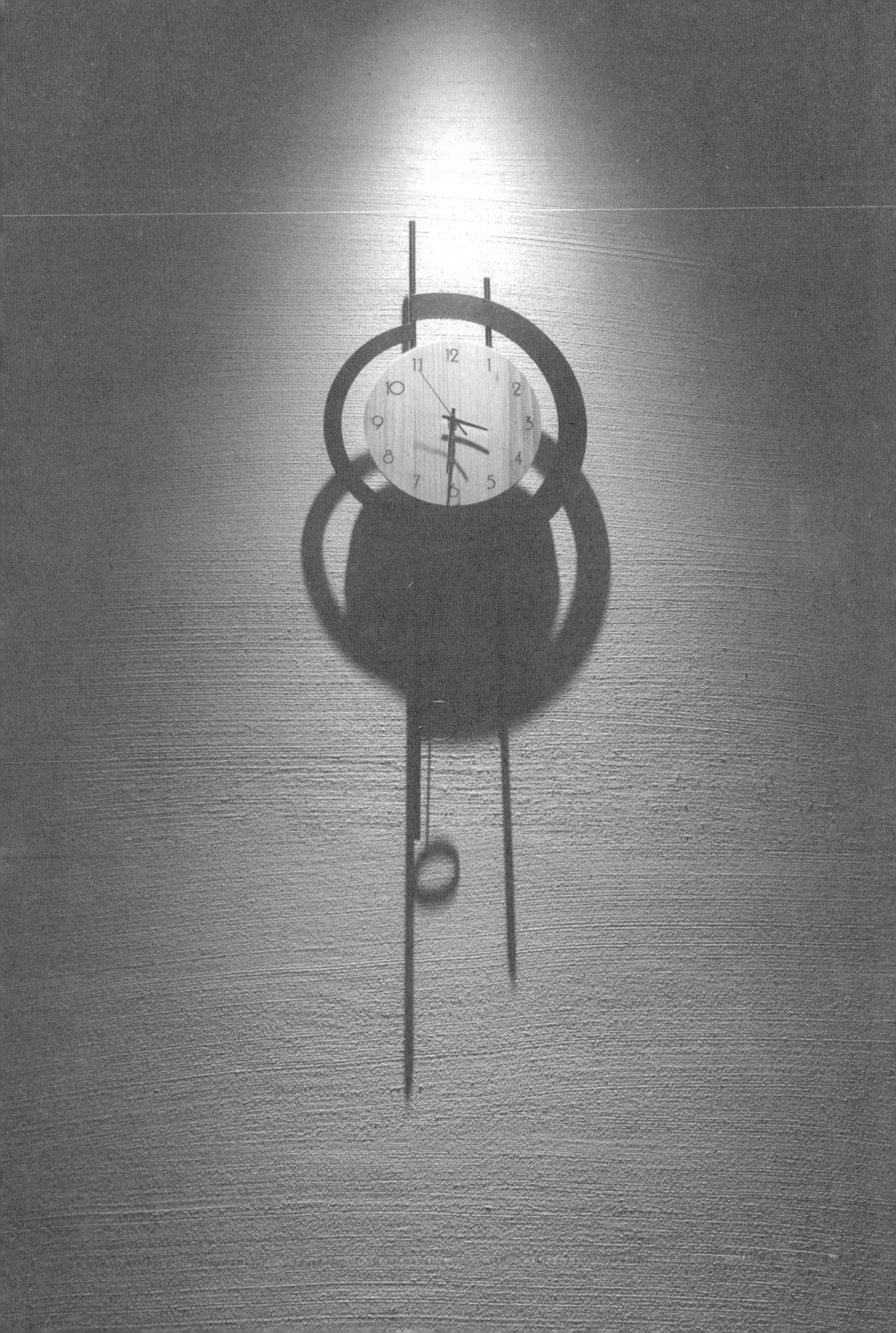

不久前，我们中的很多人在戈壁同行过，今天又在西园寺见面，可谓因缘殊胜。如果说我们之前走的是地理上的玄奘路，那么现在要开始的，则是玄奘心路。

我和这条路因缘甚深。早在2006年，中央电视台组织"重走玄奘路"文化考察活动，我就受到邀请。虽然当时未能成行，但此后就和戈友会有了接触，多次开讲"玄奘的精神"。今年在大漠实地感受后，又有了新的认识。

从学法来说，我出家修行几十年，着力最多的，就是玄奘三藏弘传的唯识宗。玄奘西行求法，是为了研习正宗的唯识理论。学成归国后，他大量翻译相关经典，如《瑜伽师地论》《成唯识论》等，并依此建立唯识宗，为汉传佛教八大宗派之一。此宗特点在于，理论体系极为严谨。一方面，对人的心理有着深入剖析，分为八识五十一心所，包括意识和潜意识；另一方面，对我们和世界的关系有着透彻阐述。我曾写过《真理与谬论》和《认识与存在》，分别是对《辨中边论》和《唯识三十论》的解读，这也是两部重要的唯识经典。二十世纪九十年代初，我还撰写过一系列关于唯识学的论文。可以说，我和玄奘三藏有着特别的法缘，对玄奘精神有着特别的情怀。

玄奘三藏是汉传佛教四大翻译家之一。其他三位，分别是南北朝时期的鸠摩罗什、真谛三藏，及稍晚于玄奘的唐代义净三藏。玄奘三藏出生于隋代开皇二十年（公元600年），圆寂于唐高宗麟德元年（公元664年，关于玄奘生卒年月，不同版本略有出入），出家五十余年。唐贞观三年（公元629年），他不顾安危，西行求法，所到之处，声名远扬。归国后，译经达七十五部一千三百三十五卷，可谓前无古人，后无来者。

玄奘三藏不仅在佛教史上有着令人仰之弥高的地位，对中国传统文化的发展及中外文化交流，也有着不可取代的影响。但对这样一个历史人物，社会民众却颇多误解。因为小说《西游记》的盛行，很多人把玄奘等同于那个懦弱无能、不辨正邪的唐僧，使他的真实面貌逐渐模糊。其后某些影视作品的恶搞，更让这个形象面目全非。

前些年，钱文忠教授在《百家讲坛》开讲《玄奘西游记》，深受欢迎，在一定程度上还原了玄奘三藏的历史形象。其后，中央电视台拍摄大型史诗剧情纪录片《玄奘之路》，通过《乱世孤旅，绝域求生》《生死兄弟，亡命凌山》《穿越草原，踏上圣土》

《随风而逝，西天取经》《享誉佛国，归心似箭》《呕心沥血，圆满》六个篇章，讲述了玄奘三藏为法忘躯的求道决心和九死一生的西行历程，使大众对其生平有了更直观的了解。个中史料，主要来自玄奘口述、辩机笔录的《大唐西域记》，及慧立、彦悰编撰的《大唐大慈恩寺三藏法师传》(简称《三藏法师传》)。

　　我们认识玄奘，不仅要了解他的经历，还要通过这些经历，认识其中的精神内涵，以及这些精神对我们的意义。这是当代人特别需要的。我们已被不断更新迭代的各种产品占据了全部注意力，根本无暇旁顾，无暇关注精神需求。这样的人生是辛苦的，也是茫然的、空洞的。

　　而玄奘三藏的求法历程，体现了至高的精神追求。更重要的是，这种追求给后人留下了宝贵的精神财富。不论对个人还是整个世界，都具有重要的意义。正如鲁迅先生所说："我们自古以来，就有埋头苦干的人，有拼命硬干的人，有为民请命的人，有舍身求法的人……这就是中国的脊梁。"我们今天效仿先贤，走上玄奘之路，也要认识到其中的精神内涵。

玄奘之路的内涵

1. 理想、行动、坚持

戈友会的口号是"理想、行动、坚持",应该怎么理解这几点?在座的多半是企业家,我们能在事业上取得成功,一定有自己的理想,并对理想有一份行动和坚持。参与"玄奘之路"的活动,同样是带着理想而来——可能是为了挑战自己,磨炼身心;可能是为了锻炼团队,培养协作精神;也可能就是为了竞技,为了和他人一比高下……而我们能在几天内走完规定线路,不仅要有行动,还要有坚持。在此过程中,相信大家会有很多感受,也有不同程度的超越。

此外,不少人通过参加这个活动,从办公室走向户外,生活方式得以改变,养成了良好的运动习惯。更有一部分人,因为这种行走,开始追问并寻找人生的意义。

这些都是我们在"玄奘之路"的收获。但仅仅这样,和走另一条别的路,和去北极点、南极点,或是挑战某座高山,有什么本质的区别?当然,看到的风景不一样,但对人生来说,增添了什么不一样的风景?

我们是否想过,玄奘的"理想、行动、坚持"是什么?

玄奘西行,是为了实现求法的理想。在此过程中,他身体力行,坚持不懈,从未放弃这一精神追求。他走过的每一步,不仅是地理的路线,更象征着他的心路历程。如果不了解玄奘的理想,我们也能从这条路上有所受益,但这不是"玄奘之路"特有的,更不是其中最有价值的部分。

2. 一条路,两种走法

"玄奘之路"包含两个层面:一是看得见的地理路线,一是看不见的心灵之路。

单纯从地理上说,古往今来很多人都走过这条路。它是兵家相争的军事之路,是盗匪出没的蛮荒之路,是东西方贸易的丝绸之路。为什么现在强调它是"玄奘之路"?就是提醒我们——这是一条求法之路。

在这条路上,一代代先行者在探索真理,为法忘躯;在这条路上,没有捷径,不能替代。古人如此,今人依然如此。我们只有认识到玄奘的求法精神,认识到他所求的法对人类的意义,才能从更高的角度,完整理解这条路的文化内涵。进而通过对先贤的追随,使人生境界得以提升。

如果说,行走这条地理路线带来的利益有十分,那么我们了解玄奘心路,见贤思齐,探究生命真相,建立精神追求,给人生带来的利益将有百分、千分、万分，乃至无限。这么说并不是夸大其词，当我们真正认识到其中的价值，就会知道，这是怎么形容都不为过的——因为这是在帮助我们成贤成圣，造就高尚人格。

所以，我们应该学习玄奘的理想，了解这种理想对人生的意义。带着这样的认识出发，我们所走的"玄奘之路"，就不仅是一次户外徒步，不仅是对体能和意志的挑战，而是效仿古圣先贤的解脱路，是追随诸佛菩萨的菩提路。我们从中收获的，才是玄奘西行带回的无价之宝。

玄奘的理想及其意义

玄奘三藏的理想是求法。这个理想与我们有什么关系？难道我们也要像玄奘一样出家吗？要知道，玄奘所求的法，是代表人生的大智慧，是引导我们从迷惑走向觉醒的指南。其中包括：文化传承的意义，精神追求的意义，探究生命的意义，降魔成道的意义。这些是和我们每个人息息相关的。

1. 文化传承的意义

说到文化传承，有人可能觉得是专家学者和相关领域的事，或者说，是那些文化人的工作范围，和普通人的生活没有多少关系。事实上，文化传承直接关系到每个人的现实人生。我们会建立什么样的价值观、什么样的思维方式、什么样的生命品质，都离不开文化的影响。从小到大，我们在不知不觉中被植入种种观念，形成自己的兴趣爱好、生活方式，形成自己的人生观、价值观、世界观。从某种意义上说，人就是文化传承过程中的产品。当然，这个产品也会进一步参与并影响文化传承。

自汉魏以来，中国传统文化的主流是儒释道三家。其中，儒家文化是国人为人处世的基础，它告诉我们，应该如何修身、齐家、治国、平天下，包括从个人生活到走入社会，从独善其身到兼济天下的种种原则。西方经过启蒙运动后，人文思想得到传播，提倡平等、民主、法治、自由。这样一种文化传播，造就了现代的西方文明和生活方式。两种文化虽然差异巨大，但都是立足于对现实人生和社会的关怀。

而印度文化关注的核心问题，是轮回和解脱。他们认为生命是无尽的延续，今生只是其中的一个片段，是通往未来生命的入口。人生最大的意义，是由认识轮回走向解脱。所以它不仅关心现实利益，也关心未来乃至究竟的利益。这就使得印度的宗教文化极其发达。

关于轮回和解脱，印度各种宗教都会做出解释，进而提出自己的理论和修行方式，佛教也不例外。区别只是在于，佛陀是圆满的觉者。当年，他遍访印度各大宗教领袖，在他们座下修行，并达到和他们同样的境界，却发现那些都不究竟，是相似而非真正的涅槃。之后，又经过个人的探索，最终通过修习禅定和对缘起的观察，证悟天眼通、天耳通、他心通、宿命通、神足通和漏尽通，找到真正的轮回之因和解脱途径。

这一思想体系传入中国后，受到广泛推崇，并迅速传播。尤其是轮回和心性的理论，可以说，填补了中国哲学的空白。从儒家角度来说，基本对现世以外的问题避而不谈，所谓"未知生，焉知死"。但认识不到轮回，生命是没有长度的。人生短短几十年，至多也就过百而已。如果结束就没有了，今生的努力还有什么意义？当生命被切割成一个个片段，我们所做的一切，必然是短视而盲目的。

从另一个角度说，如果缺少对心性的认识，生命是没有深度的。和动物相比，人类的理性特别发达。但理性是双刃剑，用得好，可以帮助我们开发智慧，提升生命，不仅利益自己，还能利益他人。用不好，就会胡思乱想，形成错误观念，带来痛苦烦恼，不仅危害自己，还将危及他人乃至世界。自古以来的那些暴君，包括今天的恐怖分子，都是因为错误使用理性，才会丧心病狂，做出种种损人不利己的极端恶行，给他人带去灾难，引起世界动荡。

仔细想想，在我们所有的观念中，有哪一样不是受到父母、师长、社会、书籍的影响？即使那些我们认为的自己思考的结果，追根溯源，依然离不开他人的引导和启发。所以说，传承一种智慧文化对每个人至关重要。这意味着，我们从小就应接受健康的人生引导，建立正确的是非观念。如果能这样，社会还会处处充斥着急功近利的短视行为吗？

所以说，不论对个人还是社会的发展，文化传承都起着举足轻重的作用。这决定我们将成为什么样的人，是文明还是野蛮，是智慧还是愚痴，是圣人还是凡夫。这种个体素质又会相互影响，进而决定整个社会的状态，是和平还是动荡，是包容还是对立，是充满关爱还是弥漫戾气。

玄奘正是看到其中的意义，所以在十三岁出家时，就立下"远绍如来，近光遗法"的志向。从长远来说，要继承如来家业，使佛陀和历代祖师传承的正法久住世间；从当下来说，要以实际行动求法、弘法，令佛法发扬光大，广利群生。

佛教从西汉哀帝元寿元年（公元前 2 年）传入中国，其后，古德翻译了大量经论。到玄奘所处的唐朝，天台、三论等宗派先后成立，汉传佛教已趋于成熟。但玄奘四处参学后，对各家之说反复思维，并和圣典加以对照，总觉得还有尚未解开的疑惑，所以发愿去印度求法，并请回完整的《瑜伽师地论》，以释众疑。

玄奘从西行开始，边走边学，十七年间，遍访西域大德。除了在那烂陀寺跟随戒贤论师闻法外，还在盛行小乘的迦湿弥罗国修学两年，并先后学习经部、大众部、正量部、萨婆多部等各种经论，广学多闻，从不空过。归来后，又全身心地投入佛经翻译。除了译出众多唯识典籍并成立唯识宗之外，重要经论还有《大般若经》六百卷、《阿毗达磨大毗婆沙论》二百卷等，共一千多卷，是汉传佛教乃至中华文化的珍贵宝藏。

这样一种文化传承，对汉传佛教的建设，乃至中国文化、世界文明的发展，都具有无与伦比的价值。玄奘所创立的唯识宗，虽然在当时没有产生太大影响，仅两三传就式微了，但到民国年间，一些失传的唯识典籍又从海外发现并被请回，使这一教法得以重光，引起教界和学界的广泛重视。

唯识是立足于妄心系统的修行。我在弘法过程中，之所以能贴近现实，通俗易懂，就是因为对唯识理论比较熟悉。在唯识经论中，对各种心行的特点、运作原理和相互关系阐述得特别细致，并揭示了认识和世界的关系。虽然看起来名相繁多，但和现代心理学有较多交叉点，从运用来说，更容易找到入手处。

我们学习佛法，不是为了学而学，也不是为了知道一些名相、增加一些素养，而是通过学佛认识自己，树立正确的人生观，进而依法修行，摆脱负面心行，发展良性品质，使生命转迷为悟。当一个人因为学佛得到改变，就会或多或少地影响到他的家人、朋友、同事。而这些家人、朋友、同事，又会把这种影响带给更多的人。所以，我们不仅要做智慧文化的受益者，还要以玄奘三藏为榜样，做智慧文化的继承者和传播者。

2. 精神追求的意义

玄奘的一生，始终贯穿着精神追求。因为他有丰富的精神需求，才能精进好学；因为他有坚定的精神信念，才能为法忘躯，临危不惧；因为他有强大的精神力量，才能淡泊名利，无我利他。

对物质的迷恋，使我们的精神生活日益贫乏。我们热衷于了解物质世界，改善物质生活，熟悉产品的更新换代、潮流更替。当我们说到物质追求时，会有非常明确的目标，知道自己要的是时尚衣物还是数码产品，是高端汽车还是豪华别墅，甚至对其中细节了然于胸、如数家珍。在这无止境的物质追求后，精神又于何处安放？

当然，人生在世首先要解决生存问题。但在今天，凡是能正常工作的人，基本不存在这个问题。遗憾的是，很多人虽已没有生存之忧，所做的一切还是在解决生存问题——那就是赚钱，继续赚钱，不断赚钱……而赚到的钱也只是用于生存，更舒适地生存，消耗更多资源地生存，此外没有更高的意义。可以说，生存是为了活着，活着是为了生存。

其次是生活问题，即提高生活质量和品位。比如现代人热衷旅行，以开阔视野；或钟情艺术，以陶冶情操；或品茗识香，以修身养性；等等。总之，就是让生活多一些爱好，多一些情调，多一些让精神愉悦的内容。

第三是生命问题，要找到活着的真正意义，建立健康的生命品质。在心理疾病日益普遍的今天，这个问题显得尤为重要。很多人之所以忧郁、自闭甚至走上绝路，虽然有各种原因，但根源就在于不知道活着的意义。既然活着都没有意义，世间还有什么值得留恋的呢？

从生存到生活，从生活到生命，物质所能做的，就是解决生存问题，改善生活条件，而生活质量乃至生命品质都是由精神因素决定的。现在很多人富起来了，幸福却没有随之而来，为什么？就是因为心态有问题，因为缺乏正向的精神生活和追求。当一个人的精神世界扭曲了，物质只能加速他的变态；当一个人的精神世界坍塌了，再多的物质也无法支撑它、复原它。所以在基本生存得到保障后，我们更应该重视精神追求。

说到精神追求，大致可以包括三个方面。首先，是对文学艺术等精神食粮的希求；其次，是对心灵和精神自由的希求；第三，是对高尚人格和生命品质的希求。从佛教角度来说，这三点又有特定的内涵。第一，是对佛法真理的希求；第二，是对解脱自在的希求；第三，是对佛菩萨生命品质的希求。

一个产品是由各种零件组成的，同样，我们的存在也是由各种心理因素组成的。正是这些心理，造就了我们的心态、人格和生命品质。如果内心安宁平和，有丰富的精神世界，即使生活清贫，一样可以乐在其中，就像孔子那样，"饭疏食，饮水，曲肱而枕之，乐亦在其中矣"。而在佛经和祖师大德的传记中，这样的记载比比皆是。可见，真正影响我们感受的不是物质，而是精神。

那么，如何造就良好的心态乃至生命品质？离不开对心性的了解。关于这些问题，在玄奘翻译的唯识典籍中有详尽的阐述。比如唯识学讲到八识，除了我们可以感知到的眼、耳、鼻、舌、身、意前六识，还提出潜意识的概念，即第七末那识和第八阿赖耶识。其中，第八阿赖耶识储藏着我们所有的生命经验，并作为生命载体，贯穿生命的过去、现在和未来。了解心行的运作规律，我们就能有针对性地加以调整。

在我们的心灵世界，有佛性，也有魔性；有正面的良性心理，也有负面的烦恼心理。修行，就是解除烦恼、发展良性心理的过程，最终像佛菩萨那样，圆满智慧和慈悲两大品质。要想做到这些，必须发菩提心，建立崇高的利他主义愿望。这一愿望有两个面向：一是以追求生命觉醒为目标，二是以帮助一切众生从迷惑走向觉醒为己任。可以说，这是最高尚的精神追求。如何实现这一精神追求？佛教有专门的修行方法。当年，玄奘三藏之所以要到印度求法，主要是为了得到《瑜伽师地论》的传承。后来他在那烂陀寺听讲此论三遍，并在回国后将之翻译为中文。在这部论典中，系统阐述了菩萨道的修行过程，尤其是《菩萨地》这一品，对如何造就菩萨品格做了详细介绍，是我们学做菩萨的重要指南。

当我们没有精神追求时，很容易把物质追求最大化。正是这种物欲的极度膨胀，带来了心灵的扭曲及种种社会问题。甚至在称为象牙塔的高校内，恶性案件也频频发生。所以，今天的人特别需要正向的精神引导，需要对人生重新定位。而玄奘三藏正是精神追求的典范，他以自己不平凡的人生历程，为我们诠释了精神追求的意义所在。

3. 探究生命的意义

每个生命都有与生俱来的困惑。古往今来，人们始终在追问：我是谁？我从哪里来，到哪里去？活着为了什么？这是人类永恒的困惑，也是生命的终极问题。或许有人会觉得，这些问题过于抽象，不想也罢。但问题不会因为我们的忽略就消失，哪怕你刻意回避，它也会在某个时刻，悄然浮现心头。让你觉得，现实中的一切都在这个大背景下变得有些虚无，有些茫然。当问题出现时，我们是掩盖它，还是面对它？

这些问题，正是玄奘西行求法的动力所在。佛法不是抽象的玄谈，也不是形而上的哲学，而是人生的大智慧，是解决一切迷惑的指南。当年，佛陀就是因为看到老病死，开始追问生命真谛，所以出家修行，最终成为觉者，找到了答案。

玄奘西行，同样是基于对生命的探究。当我们说到"求法"时，似乎"法"就是目的。但我们要知道，这个"法"既是指经典法本，更是指其中蕴含的生命真谛、解脱方法。正如《三藏法师传》所说的那样："誓游西方以问所惑，并取《十七地论》以释众疑。"他的求法，不是为了让自己更博学，也不是为了去佛教发源地镀金，而是要解决心中的疑惑，进而解决大众的疑惑。正是对真理的孜孜以求，才使他如此精进好学，不畏艰辛，甚至舍弃生命也在所不惜。

佛教从古印度传入中国，到唐朝时，已经翻译了相当一部分经论。但因语言及所译经本不完整等种种问题，还存在未尽如人意之处。玄奘在参学过程中，对很多问题"验之圣典，亦隐显有异，莫知适从"，这就促使他去找寻答案。从这个意义上说，玄奘求法的过程，就是不断探究生命、解答人生困惑的过程。

关于人生困惑，不仅玄奘存在，也是每个生命终将面对的。或者说，只要你不甘心像动物那样活着，就必须解决这些问题。在玄奘翻译的《瑜伽师地论》《大毗婆沙论》《俱舍论》等经论中，对这些问题都有完整而详尽的阐述。

当然，今天的人不必像玄奘那么历经艰辛，不需要翻山越岭，万里迢迢地求法。不过我们要知道，虽然现在足不出户就可以阅读经典，修学佛法，但还是要基于对生命的探究，才能把法落实到心行，进而产生作用。如果没有探究生命真相的愿望，没有找到答案的决心，学佛往往会流于表面，能够知道一点道理，让心态变得平和些，就觉得满足了。这样的话，就远远没有发挥佛法应有的作用。

我学佛几十年，不是因为自己信仰佛法，对佛教有感情，所以要去传播。而是因为在修学过程中，使我对生命和世界的认识越来越清楚，越来越透彻。通过佛法智慧，我找到了人生的价值、意义和归宿，也找到了这些终极问题的答案，所以才会不遗余力地学法、弘法。

通过《三藏法师传》可以看到，对玄奘来说，如果不了解生命真相，人生是不值得过的。而佛法正是解决这个问题的有效途径，认识到这一点，我们就不难理解他"宁可就西而死，岂归东而生"的决心了。这不是意气用事，也不仅仅是对西行的坚持，而是对人生道路的抉择。

4. 降魔成道的意义

西行途中，玄奘经历了数不清的艰辛和危险。在此过程中，既要克服身体的极限，更要战胜内心的障碍。从佛教角度来说，一切困难都是我们内在心魔的外化。玄奘取经的过程，正是不断战胜心魔的过程。

这种考验从准备西行就开始了。当时，同道"结侣陈表，有曌不许，诸人咸退，唯法师不屈"。而在之后的行程中，西行还是东归的考验接踵而至，伴随他的整个旅程。其中，有官兵阻拦、勒令东返的考验；有向导退心、弃之不顾的考验；有妖鬼幻境、倏忽千变的考验；有迷失道路、滴水不存的考验；有翻越雪山、穿行沙漠的考验；有被迫献祭、命在旦夕的考验；还有国王强留、威逼利诱的考验；等等。面对每一次考验，玄奘从来都没有丝毫动摇。

纵观玄奘的一生，除了勤奋好学，还有为法忘躯、淡泊名利、临危不惧和无我利他等精神。所有这些精神，都是代表他对心魔的超越。为法忘躯，是对生死的超越；淡泊名利，是对名利的超越；临危不惧，是对恐惧的超越；无我利他，是对自我的超越。

凡夫都以自我为中心。这个自我，是由自我的重要感、优越感和主宰欲组成，希望自己比别人更重要、更优越，从而让别人顺从于我。多数人的一生，都在为这三种感觉而努力。社会之所以有竞争，有攀比，有压力，也是由这三种感觉造成的。

但这些感觉是无常的。你今天觉得自己重要，明天可能就不重要了；你在这里重要，换个地方可能又不重要了。如果在乎这三种感觉，就会执着名利、地位等外在支撑。一旦这种执着变成依赖，就会引发焦虑、恐惧、患得患失等负面情绪。所以我们总是没有安全感，总是担心别人算计自己。而且这种担心会使自己封闭起来，和他人形成对立。其实，算计自己的不是别人，正是自己的心魔。正是它，在控制你，使唤你，伤害你。

可以说，学佛就是降伏心魔的过程。释迦牟尼在菩提树下即将成道时，同样经历了降魔的过程。当时，天魔波旬带着他的魔女前来，用美色和利益加以诱惑，试图干扰佛陀成道。但佛陀本身就是王子，为了追求真理，主动放弃家庭、财富、权力，选择了一无所有的修行道路，怎么还会为之所动？看到美色和利诱没有效果，波旬又派出魔军加以恐吓。刀光剑影中，佛陀依然如如不动。因为佛陀已经战胜内心的所有烦恼，没有爱欲，就不会被美色诱惑；没有贪著，就不会被利益干扰；没有恐惧，就不会被刀剑吓退。

佛陀成就的功德有三种，首先是断德，消除内心的一切烦恼和负面心理；其次是智德，成就认识自己、通达诸法的智慧，包括根本智和差别智；第三是悲德，即大慈大悲的品质，没有一个众生是自己不愿利益、不愿帮助的。其中，智德和悲德都是建立在断德的基础上。如果不能调伏心魔，断除烦恼，那么智慧就会有欠缺，慈悲就会有染污，是不可能真正圆满的。

佛陀是由降魔而成就菩提，玄奘是由降魔而求得真经，这也是每个修行人必须面对的考验。佛法认为，一切众生成佛之前，都在魔的控制下。这个魔首先是心魔，即烦恼魔、五蕴魔、死魔；其次是外魔，又称天魔。从广义来说，也包括一切困难障碍。外在的魔之所以能对我们产生干扰，关键在于心魔。因为有心魔，才能里应外合，兴风作浪。一旦战胜心魔，外在的魔就无能为力了。

玄奘的行动和坚持

如果说树立理想是起点，那么实现理想才是终点。在此过程中，需要积极的行动，更需要不懈的坚持。那么，玄奘的行动和坚持都体现在哪些方面？我觉得主要有五点，即精进好学的精神、为法忘躯的精神、淡泊名利的精神、临危不惧的精神、无我利他的精神。

这些精神可以通过《大唐三藏法师慈恩传》《大唐西域记》等著作来了解，至少也应该看一看《玄奘之路》的纪录片。有道是，榜样的力量是无穷的。因为有榜样为标杆，我们才能看到自身的局限。否则，每个人都活在自己的观念和惯性中，还会用很多道理来证明自己是正确的，很难超越。我们要更新现有系统，升级生命版本，就要植入智慧的文化，学习榜样的精神。

1. 精进好学的精神

从《三藏法师传》的记载看，玄奘自少年起就志向远大。他十三岁求度出家时，因年幼不被录取，但在面对"出家意何所为"之问时，一句"远绍如来，近光遗法"的答复，却使考官深嘉其志，破格录取。仅此一例，即可见其善根深厚，非同凡响。

从出家到发愿西行前，是玄奘在国内的学习阶段。期间，他游学于洛阳、汉川、成都、长安等地。这些都是当时的义学中心，玄奘先后依景法师学《涅槃经》，依严法师学《摄大乘论》，依基、暹二法师学《摄论》《毗昙》，依震法师学《迦延》，依深法师学《成实论》，依岳法师学《俱舍论》，并在受戒后学习五篇七聚，究通诸部，具有极高的佛学造诣，被誉为"释门千里之驹"。是以，时常应邀讲经，说法善巧，为人称叹。

尽管当时的玄奘已誉满京邑，前途光明，但他并不以此为足。在四处参学、遍谒众师的过程中，玄奘详考其理，觉得各家之说隐显有异，不知如何取舍，所以发愿西行，到佛教发源地印度深入学习，以释众疑。

这一走，就走了近二十年，遍历一百多个国家，行程五万里。这期间，虽然历经常人难以想象的艰辛，但只要遇到有名望的大德，他都会依止闻法，虚心求教。先后学习了《毗婆沙论》《俱舍论》《顺正理论》《因明》《声明论》《经百论》《广百论》《对法论》《显宗论》《理门论》《众事分毗婆沙》，经部《毗婆沙》《怛埵三弟铄论》《随发智论》，佛使《毗婆沙》，日胄《毗婆沙》等经论，并在佛教盛行的迦湿弥罗国停留两年，修学多种经论。

到达印度那烂陀寺之后，"听《瑜伽》三遍，《顺正理》一遍，《显扬》《对法》各一遍，《因明》《声明》《集量》等论各二遍，《中》《百》

二论各三遍",钻研诸部,兼学梵书。

在那烂陀学习五年后,玄奘又前往印度各地继续参学。先后随萨婆多部二大德就读《毗婆沙》《顺正理》;在南憍萨罗国学《集量论》;随大众部二大德学《根本阿毗达摩》等论;至钵伐多国学正量部《根本阿毗达摩》《摄正法论》《教实论》等;依止胜军论师两年,学习《唯识抉择论》《意义理论》《成无畏论》《不住涅槃》《十二因缘论》《庄严经论》,并请教《瑜伽》《因明》等经论中的疑惑。

参访地之多、学习量之大、涉及面之广,即使在交通便利、资讯发达的今天,也是难以想象的。这固然和他天赋异禀有关,但更离不开精进好学的精神,离不开对佛法真理的渴求。这也是今天的佛弟子,乃至每个人特别需要学习的。

我们有了如此便利的闻法条件,足不出户就能在网上遍访各地大德,不仅有汉传的,还有藏传和南传的。而古德冒着生命危险带回的经典,在网上也能随时查阅、下载。打开电脑或手机,就有海量经典可供选择。但我们是否想过,它们究竟是怎么来的?我早年在广化寺学律时,还需要手抄学习资料。而在一千多年前,这些经典不仅要一字一句地抄写,一字一句地翻译,还要跋山涉水、九死一生地从西域取回。很难想象,如果不是这些古德舍身求法,当佛教在印度消亡后,人类将失去多少精神宝藏、多少智慧光明。可以说,他们在不同程度改写了世界的文明进程,而玄奘三藏正是其中浓墨重彩的一个篇章。

但我们学习了什么？收获了什么？我们缺少的，其实就是闻法的意乐、好学的精神。如果没有这一点，即使资料再多、学习再便利，也是不能于法受益的。就像把顽石置于海中，哪怕海水再浩瀚，也不能被吸收到石头中。

2. 为法忘躯的精神

玄奘三藏的一生，是学法、求法、弘法的一生。为了追求真理，他从未顾及自身安危，甚至将生死置之度外。当年准备西行求法时，因为国家不允许百姓出关，同行者都退却了，只有玄奘不改初衷。在他心目中，求法是身为佛子的使命所在，也是效法先贤的实际行动。正如他所说的那样："昔法显、智严亦一时之士，皆能求法导利群生，岂使高迹无追，清风绝后？大丈夫会当继之。"

漫漫西行路，是一望无垠的沙漠，人鸟俱绝的戈壁，峻极于天的雪山。玄奘孑然孤行，四顾茫茫，唯有前人骨骸作为路标。一路上，除了极端恶劣的自然环境，还要面对难以预料的突发危险。这是对身体的考验，更是对心力的挑战——是进是退，何去何从？每一次，玄奘的选择从来没有改变，那就是向西，向西……

从玉门关第四烽至野马泉途中，渺无人烟，玄奘走出百里后就迷路了。祸不单行的是，又失手将水囊打翻，千里行资一朝斯罄。万般无奈之下，只得重返第四烽。回转十多里后，他又想到：

"我先发愿,若不至天竺终不东归一步,今何故来?宁可就西而死,岂归东而生!"思及此,毅然掉头西进。我们设身处地地想一想,这需要多大的勇气!和这种生死攸关的危难相比,我们在人生中遇到一些障碍,算得了什么?但我们面对障碍时,又是如何选择、如何取舍的?

为什么玄奘会有"宁可就西而死,岂归东而生"的决心?因为他已确认,真理才是人生最为重要的。如果不能找到真理,人生将毫无意义。所以,哪怕为求法付出生命,他也在所不惜。可见,我们的每一次取舍,都反映了我们的价值观,反映了心目中的孰轻孰重。

经过种种艰苦卓绝的危难后,玄奘又要面对另一重考验。西域高昌王对玄奘礼敬有加,极意挽留。起初是动之以情,晓之以理,见玄奘执意不从,便转而加以威胁,给他两个选择:或是留在当地,或是遣送归国。为表明自己西行求法的志向,玄奘毅然绝食,水米不沾。三天后,终于使高昌王为之动容,并相约求法归来后至高昌国弘法三年。

玄奘三藏到达印度后,为了护持并弘扬大乘佛法,多次与他宗或外道展开辩论。在曲女城大会上,更是坐为论主,公开接受十八国僧人及外道的挑战。按照印度传统,宗教之间的辩论绝不仅仅是口舌之争,而是关系到生死存亡的大事。落败的一方,或是改变信仰,或是砍头相谢,代价可谓大矣。所以,参与者既要通达法义，还要有为法舍身的大无畏精神。

取经归来，为了使这些经论在汉地得到弘传，玄奘三藏又投入浩大的译经工程。虽然年事已高，加上西行途中因环境恶劣而落下病根，仍不辞劳苦地日夜翻译。每日三更睡，五更起，并定好进度，如果白天有事不能完成，晚上必然将之补足。可以说，从踏上西行之路的那天起，他就一直在用自己的生命践行，为正法焚膏继晷，倾其所有。

如此种种，充分体现了玄奘为法忘躯的精神。

3. 淡泊名利的精神

玄奘三藏西行之前，在国内已声名鹊起，供养丰厚。但他为了追求真理，对这些成就、名利、地位弃若敝屣，毅然西行。玄奘在求法途中，因为学识渊博，说法善巧，闻法者无不口口相传，称扬赞叹，美名传遍西域。所经之地，各国国王热情接待。尤其是高昌王麴文泰，千方百计地加以挽留，并许以国师之位。不仅全国民众都要尊重他，接受他的教化，连国王也要恭敬礼拜，随之受学。对于这样的荣誉和地位，玄奘依然不为所动。

到达那烂陀寺后，这个印度佛教的最高学府，同样为玄奘提供了优越的参学条件。不仅免诸僧事，供养丰厚，还有净人照料生活。在此期间，玄奘通过与外道、小乘和中观学者的多次辩论，所向无敌，声誉日隆，并受到当时印度最有权势的戒日王和鸠摩罗王的特别礼遇。二王为争夺这位远方高僧，差点兵戎相见。他们对玄奘的敬重程度，由此可见一斑。

尤其在曲女城大会上，玄奘为五印度十八国的沙门、婆罗门和外道开示大乘微妙之理，名满印度，如日中天。大乘弟子称之为"摩诃耶那提婆"，即"大乘天"；小乘弟子称之为"木叉提婆"，即"解脱天"。

在佛国圣地获得的无上荣誉和成就，并没有让玄奘以此为足。因为他求法的目的不是为了出人头地，而是为了广利群生。所以在听闻诸部甚深法义、解决修学疑惑后，就发愿以所闻归还翻译，使汉地信众也能得蒙法益。他谢绝了各国国王的珍宝供养和殷勤挽留，带着舍利、佛像、法宝返回中土。

当玄奘三藏从西域载誉归来，唐太宗对他的见识广大和酬对得体大为赞赏，屡次劝师还俗，辅佐政务。但玄奘志不在此，反复推辞，才得罢休。因为深得皇家赏识，玄奘获得了最高礼敬和丰厚供养，可他总是随得随散，或营造塔像，或布施穷苦，十方来，十方去。

纵观玄奘的一生，不仅对世间的名闻利养、高位重权毫无兴趣，对自己在佛国取得的无上荣誉也淡然处之，充分彰显了一个出家人不为物役、不为名累的情怀。

4. 临危不惧的精神

在玄奘三藏的西行求法途中，除了险峻的环境、恶劣的气候，还有官兵、盗贼等种种威胁。因为玄奘当初是偷渡出境,一旦被人发现,不仅要遣送归国,前功尽弃,还会因此获罪。为了避人耳目,他只能昼伏夜行。但出发不久,所雇胡人向导就因害怕被捕而退心,甚至以刀逼迫玄奘返回。此后,玄奘只得孤身前行。每遇危难,就至心称念观音名号及《般若心经》,把生死全然交付三宝。就这样,逢凶化吉,渡过重重危难。

最惊险的一次,是从阿逾陀国前往阿耶穆佉国途中,遇到一群祀奉突伽天神的强盗。他们见法师相貌庄严,仪态端正,准备将他作为供品,杀取血肉,用以祭祀天神。在走上祭坛、刀刃近身的危急时刻,法师没有惊慌失措、悲戚懊恼,而是礼敬十方佛,并专心忆念弥勒菩萨。如此,竟如亲赴弥勒净土,全然忘却身在祭坛,四周更有贼众虎视眈眈。正是对三宝的虔诚信心,使他再次感应道交,转危为安。

在玄奘心中,已经找到生命的最高意义,所以能在生死关头保持镇定,知道自己该怎么做,也知道做什么才能真正利益未来生命。这些非同寻常的表现,不仅让贼众感到惊异,最后他们还被他的德行感召,洗心革面,重新做人。

5. 无我利他的精神

玄奘三藏的一生,就是为了法,为了众生,从来没有为了自己。西行时,他不顾个人安危;辩经时,他不惧性命攸关;译经时,他不惜废寝忘食。如果一个人连生命都可以付出，还有什么不可以付出的呢？

从童真入道起，他参学、求法、弘道，几十年如一日，始终不忘"远绍如来，近光遗法"的使命。即使在艰苦卓绝的西行途中，他也随处施教，接引有缘，不仅教化佛教徒，还为外道国王说人天因果，赞佛功德，甚至以德报怨，为准备杀他祭祀的贼众说恶业苦报并授五戒。玄奘三藏所到之处，人皆称叹，美名远扬。这既是因为他学识渊博，同时也是被他这种无我利他的精神所感召。

玄奘在印度求学期间，佛学造诣突飞猛进，即使在大德辈出的那烂陀，也可谓出类拔萃。从道友到国王都敬慕其才，诚意挽留。对玄奘来说，虽然这是佛陀成道说法的圣地，但他西行的目的是广利群生。既然参学之愿已了，当务之急，就是要"以所闻归还翻译，使有缘之徒同得闻见"，所以归心似箭，无意停留。这种无我利他的发心，深为他的师长戒贤论师所赞许："此菩萨意也。吾心望尔，尔亦如是。"

学成归来后，玄奘呕心沥血地翻译佛经。因为深感人命无常，来日无多，他对译经倾注了大量心血。每天都要安排进度，如果白天有事不能完成，就连夜再翻。除了译经，他还要履行作为慈恩寺上座的职责，讲经答疑、处理僧事、教诫弟子。因为时间紧迫，他总是"三更暂眠，五更复起，读诵梵本，朱点次第"，为白天的翻译做好准备。在这样夜以继日的忙碌中，终于积劳成疾。

即使在患病期间，他想的依然是大众。当时因为某些不合理的政策，部分僧尼、道士受到不公平对待。玄奘三藏不顾自己疾病缠身，毅然为之进言，终于使朝廷收回成命，令各地修行者得以安心办道。

至于他自己，往往只能在深夜译经结束后"礼佛行道"，几乎没有多少时间用于个人修行。但从菩萨道的角度来说，无我利他本身就是最好的修行。而这点贯穿了玄奘的一生，不论他在哪里，处于什么样的境地，只要有因缘，就积极利他，在所不辞。乃至临命终时，还在广行供养，"愿以所修福慧回施有情，共诸有情同生睹史多天弥勒内眷属中奉事慈尊，佛下生时亦愿随下广作佛事，乃至无上菩提"。

玄奘之路与人生

总之，"玄奘之路"不仅是一条地理的路线，也是传承文化之路，是精神追求之路，是探究生命之路，是降魔成道之路。其中还包含他精进好学、为法忘躯、淡泊名利、临危不惧、无我利他的精神，所有这些共同构成了"玄奘之路"。这是他用理想、行动、坚持造就的，也是用人生造就的。

对比玄奘的理想，再来审视自己，看看我们的理想是什么？是立足于一件事，立足于这一生，还是立足于生命的过去、现在和未来？社会上多数人追求的，无非是财富、事业、地位，无非是身体健康、家庭美满，进一步，则是思想、艺术、发明创造……虽然这些也能给人生带来利益，但都是暂时的，不能从根本上提升我们的生命品质。

说到生命品质，可能有些人会觉得抽象，认为和现实人生关系不大。事实上，这不仅和每个人密切相关，而且时刻在产生作用，小到怎么看待生活中的人和事，大到怎么做出人生选择，都离不开生命品质的影响。所以当基本生存不是问题时，影响幸福的主要因素，就是我们的观念、心态和生命品质。

看看不断上升的心理疾病患者数量，看看他们的痛苦、挣扎、绝望，看看他们遭受的无尽折磨，我们就会知道良好的心态乃至生命品质是多么重要。事实上，这不仅对自身重要，对我们的家庭、亲友，包括所做的企业同样重要。只有具备良好品质，我们向他人传递的才是正能量，而非相反。在面对社会大众时，我们才会得到更多的认同和帮助。

怎样提升生命品质？离不开对智慧文化的学习。否则，我们往往会局限于眼前的利益得失。尤其在今天这个时代，资讯铺天盖地,各种碎片化的传播,让时间碎片化,也让生命碎片化。如果没有坚定的信念,很容易被不断涌来的碎片带走,随波逐流,找不到安身立命的所在。

何去何从?"玄奘之路"的意义就在于,以此为契机,认识到这一理想蕴含的价值,认识到传承智慧文化的价值,并将这种认识落实到行动,造就健康的精神和高尚的人格。这样,我们才能让这条地理的路线通往心灵,改变人生的方向。

当我们走上戈壁,在茫茫天地间,会真切感受到人的渺小。在地球上,人是微不足道的;在太阳系,地球是微不足道的;在银河系,太阳是微不足道的;在宇宙中,银河系也是微不足道的……如果看不到生命的无限性,仅仅立足于今生这短短的几十年,实在看不到人生有多大的价值。哪怕整个地球的财富都属于你,也是微不足道的。

人为什么活着?生命的归宿在哪里?这是每个生命都要面对的永恒的困惑。可能我们现在忙于事业,还没来得及思考。但这些问题不会因为我们忽略而消失,事实上,如果不找到答案,人生永远是混混沌沌的,而且会有层出不穷的问题。一旦解决了大问题,所有的小问题就不是问题了。

当我们开始关注这些终极问题时,如果没有佛法智慧的引导,我们是很难靠理性找到答案的。事实上,不少有思想的哲学家和艺术家,就是在这样的找寻中走上了绝路——他们看到了现实的荒谬，却看不到人生的真谛。所以说，"玄奘之路"最大的意义，是为我们开启一条精神追求之路。如果不能提升到这个层面来认识，虽然走在玄奘路上，其实走的还是自己的路。

结束语

最后，随喜大家的行动。通过这样的行走，我们不仅要在戈壁滩上体会求法之路的艰难，从而磨砺意志，关键还要了解，玄奘的精神内涵是什么——他为什么能精进好学，为什么能为法忘躯，为什么能淡泊名利，为什么能临危不惧，为什么能无我利他。进而还要了解，玄奘西行求法的意义在哪里。这样一种文化传承对我们每个人，乃至整个人类，究竟具有多大的意义。正是这些内涵和象征，使得这条路被传颂千年，至今仍在激励着我们。对于每一个想要追求真理的人来说，也应该效仿这样的人生道路。

如果看不到其中的精神和意义，那么，玄奘对我们的价值，可能只是一个旅行者、一个探险家，又或者，只是一个中外文化交流的使者。如果仅仅看到这些，我们就错失了真正的宝藏。茫茫戈壁，天阔地远。这一路，放下我们在世间的身份地位、人事纷扰，才会发现，其实这是一次心灵之旅，是走向内心、追问生命真谛的旅程。

希望每一位已经上路的行者，都能以玄奘为榜样，以他的精神激励自己。路漫漫，不惧上下求索；行万难，不退求道之心。

济群法师说"玄奘之路"

如何让生命更美好

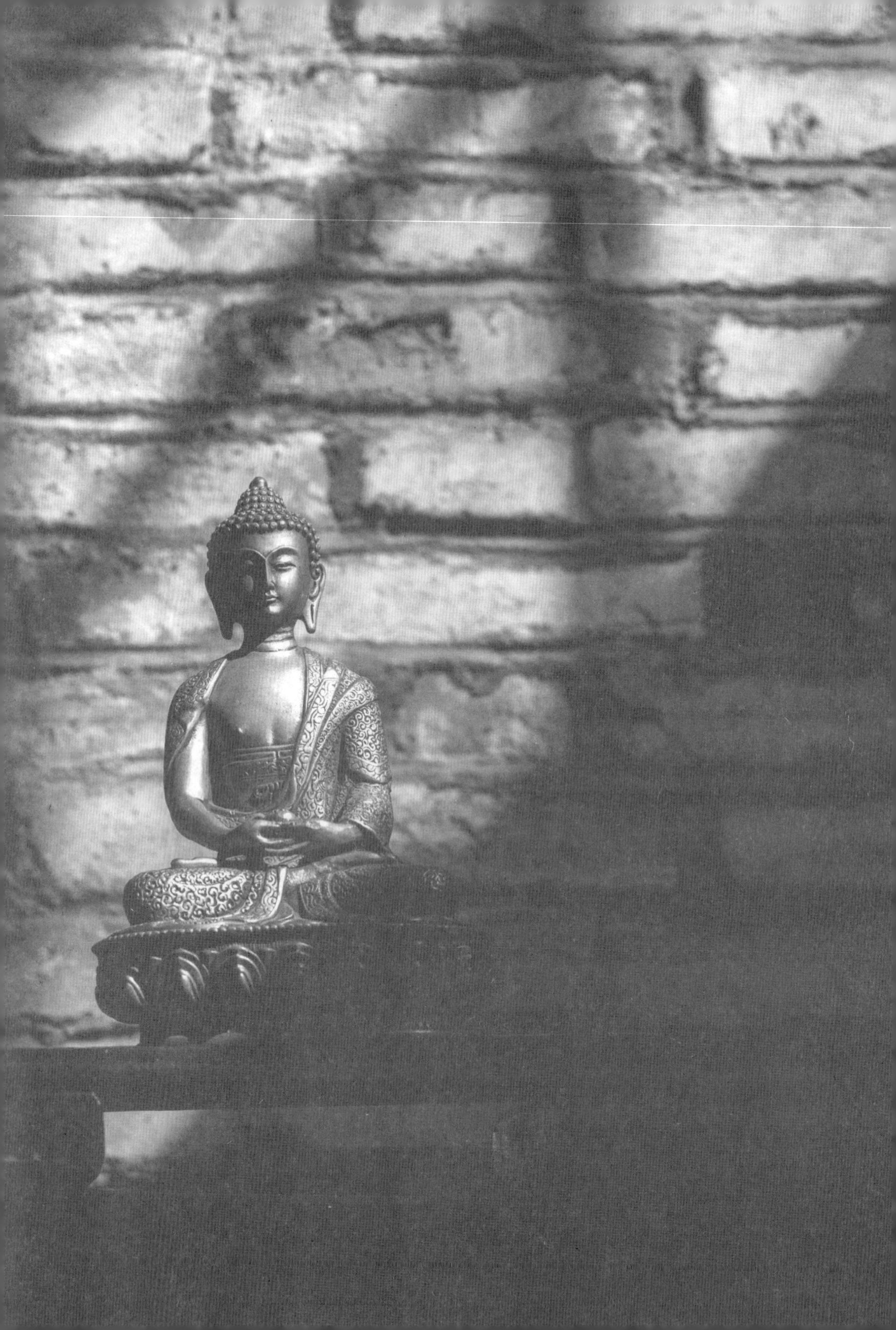

戈壁滩，骄阳似火，而比骄阳更火热的是这样一群人。2017年5月22日，甘肃省酒泉市瓜州县，历经千年风霜的阿育王寺遗址旁，来自国内外五十七所商学院的二千五百多名队员，正在集合、留影、热身。猎猎旌旗，伴随着各队此起彼伏的口号声，让荒凉的戈壁达到沸点。上午11点，"第十二届玄奘之路商学院戈壁挑战赛"正式开始。这是自2006年开始以来，规模最大、人数最多的一次。

在沸腾的活动现场不远处，是仅剩覆钵式塔身的夯土古塔，静默着，依稀可见盛时庄严。据记载，此塔当年时常放光，佛事未绝。一千三百多年前，玄奘三藏从长安来到瓜州，曾在此讲经说法一月有余，然后才开始艰苦卓绝的五万里西行。从这里出发，追随玄奘的足迹，对于佛弟子来说，意义不同寻常。

今年"玄奘之路"的队伍中，一袭灰袍的济群法师尤为引人注目。在主办方官微的活动报道中，关于法师的配图说明是："快靠近济群法师,迅速补充正能量。"整个行程中,不断有人微笑点赞,有人要求合影,有人主动为这支小队扛起"菩提书院"和"三级修学"的绿色旗帜,其他队伍的对讲机中还曾传来这样的号令:"下一个小目标是接近法师,与法师同行。"……当然也有好奇的目光:他是谁?他来做什么?路遇一行来自台湾旅行者的视频采访,问题居然是:"您为什么这么装扮?"

是啊,尖顶竹笠,墨染僧装,在这些满是鲜艳户外装备的队伍中,仿佛穿越时光走来,又仿佛某个历史时刻的重现。但这不是装扮,而是一个出家人的本色,行走红尘,又超然世外。一路走来,法师有些什么感受?遭遇了些什么?这些是大家最为关心的。带着这些问题,记者采访了济群法师。

缘起

记者:"玄奘之路"虽是以西行求法的唐代高僧命名,但主要面向各大商学院学员。法师怎么会参与其中呢?

济群法师:"玄奘之路商学院戈壁挑战赛"源于2006年央视策划的大型文化考察活动"重走玄奘路",当时就曾邀请我参加,只是由于身体等原因未能成行，但在我心中留下了一颗种子。可以说，是身未至而心向往之。主要有这样几个原因：

首先，我长期从事唯识研究，修学并讲解过玄奘三藏翻译的经论，一直以来，对他有份特别的情感。汉传佛教八宗之一的唯识宗，就是由玄奘归国译经后创立的，可惜传了不久就湮没不闻。虽然民国后有复兴之势，但总体并不乐观。事实上，唯识宗从妄心着手的分析和修行理路，特别适合现代学人。希望未来有因缘继续推动，使他历经万难传入的教法得以光大。

其次，在几十年弘法过程中接触到各界人士，使我越来越体会到大众对佛法的需求，以及佛法对社会的价值，由此，也对玄奘三藏西行求法的意义有了更多认识。如果没有这些古德舍身忘死，求法弘法，佛法怎么能从古印度传到各地，两千多年薪火相续，利益无量众生。

第三，我近年时常面向企业界和各商学院举办讲座，和戈友有过不少接触，并多次为他们开讲《玄奘的精神》。在此过程中，我深深感到，了解并效仿玄奘精神，不仅是戈友们的需要，更是佛弟子的需要。如果加上实地体验，相信有些感受会更真切，并成为修行动力。

所以，今年应厦门大学管理学院 EMBA 户外俱乐部之邀，参加"第十二届玄奘之路商学院戈壁挑战赛"的一日体验行，可谓众缘和合，水到渠成。在此，特别感谢他们提供的各种支持。

理想、行动、坚持

记者：玄奘之路的口号是"理想、行动、坚持"，您怎么看待这六个字？

济群法师：我觉得，这六个字确实能体现这一活动的精神。问题就在于比较抽象，比较宽泛，可以这样理解，也可以那样理解。比如理想，在挑战赛的四天，理想可能是得到名次，可能是按时跑到终点，也可能是最终没有放弃。而在我们的人生中，理想更是形形色色。从独善其身到兼济天下，每个人会有各自的理想。哪怕是同一个人，在不同阶段，理想也在不断改变。

戈友中有很多成功的企业家，相信他们的成就都离不开理想，离不开对理想的践行和坚持。但理想不同，行动和坚持带来的意义也大相径庭。在玄奘之路，同样如此。

在和戈友们的接触中，我了解到，有些人通过参与这个活动，开始从办公室走向户外，身体得到锻炼的同时，也带来了更健康的生活方式；有些人在西北广袤的戈壁中，视野变得开阔，心胸变得豁达，对名利得失没那么执着了；有些人在戈友会营造的团队氛围中，正能量得到激发，变得更有爱心和互助精神；也有些人行走在茫茫天地间，感受到人类的渺小、今生的短暂，由此引发对生命终极问题的思考。

我觉得，这些对人生都有不同程度的正向作用。但随着这一活动竞技性的升级，有人开始把理想锁定为名次，把戈壁变成与商场角逐平行的另一个战场，这就有点舍本逐末了，应该不是举办"玄奘之路"的初衷。

让心跟上脚步

记者：说到初衷，在这次活动中，时常可见"不忘初心"的巨幅宣传画。法师觉得，这个"心"究竟是什么？

济群法师：在这条路上，跑或走不重要，用多少时间到达也不重要。重要的是，让心跟上脚步。而这个心，应该是正确的，至少是没有副作用的发心。什么是正确发心？只有真正认识玄奘之路的内涵，才能与这位一千多年前的智者心心相印。

我觉得，玄奘之路在今天已经分成两条：一条是看得见的地理之路，即玄奘西行的路线；一条是看不见的心灵之路，这就需要与玄奘精神一脉相承，以玄奘的理想为自己的理想。虽然今天不再需要万里跋涉地求法，但在人生路上、学佛路上，我们需要走过的长路何止千万里？需要面对的磨难又何止千万重？

现在有越来越多的人开始走上玄奘之路，而且一走再走。但多数人走的，只是地理上的那条路。虽然这也有意义，但如果我们能了解玄奘的"理想、行动、坚持"，身心合一地出发，才能走上完整的玄奘之路。

玄奘三藏舍命西行，正是对理想的践行。如果我们对他的理想一无所知，即使走完四天的赛事路线，哪怕走完玄奘当年的全程，也只是自己的路而已，只是与地理上的玄奘之路重合而已。古往今来，这条路上曾有无数的商队和旅人走过，为什么当它作为"玄奘之路"时，才让人心生向往？因为真正具有感召力的，不是路本身，而是玄奘的理想，以及对理想的行动和坚持。

玄奘理想的普世性

记者：那么，玄奘的理想和精神是什么呢？为什么具有那么大的感召力？

济群法师：我曾多次开讲《玄奘的精神》，相关音视频收录在

"菩提书院网站"，包括这次出征前讲的，也会很快上线。此外，还有根据讲座录音整理的同名书籍，其中将《大唐大慈恩寺三藏法师传》的部分内容做了整理，附录于不同章节，作为对玄奘精神的历史佐证。

讲座中，我归纳了玄奘理想蕴含的四大意义，分别是文化传承的意义、精神追求的意义、探究生命真相的意义、降魔成道的意义。这些正是玄奘西行的理想所系。我们知道，玄奘是因为对部分旧译经典存疑，才萌生求法之心。为什么一些疑问就会使他置生死于度外，历万难而不退？因为这不是普通的问题，而是关系到佛法智慧的传承，关系到对人类永恒困惑的解决，对生命终极意义的实现。

西哲云：未经思考的人生不值一过。事实上，这个思考还缺少一个定语，那就是"正确"的思考。怎么才能正确思考？离不开智慧的引导。因为有佛陀这样的觉者出现，有一代代高僧大德的舍身求法、忘我传法，这一甚深智慧才流传至今，使人们在解决生存和生活问题的同时，有更高的精神追求，能探究生命真相，克服身心魔障，造就高尚的生命品质。

这个理想之所以有感召力，因为它不仅是玄奘个人的理想，也是每个佛弟子的理想，更应该成为全人类的理想。人之所以为万物之灵，是在于我们有机会实现生命的最大价值。玄奘少年出家时，就以"远绍如来，近光遗法"为己任。所以，他不是为了自己上路的，而是为了天下芸芸众生西行求法，东归译经。

因为这样的理想，才落实为他的行动和坚持，那就是精进好学的精神、为法忘躯的精神、淡泊名利的精神、临危不惧的精神、无我利他的精神。从《大唐大慈恩寺三藏法师传》中可以看到，玄奘三藏一生勤奋好学，遍访名师；修学遇到疑惑时，绝不安于现状，而是效仿先贤："昔法显、智严亦一时之士，皆能求法导利群生，岂可高迹无追，清风绝后。大丈夫会当继之。"于是冒着被捕的危险，私出国境；度过八百里沙漠，九死一生；遇到任何险境都不退转，立誓"宁可就西而死，决不归东而生"。在国内外取得巨大荣誉后，淡然处之，一心译经，不被名利左右。他的心中只有法的传承和传播，只有众生的利益，没有自己。

戈友中有不少是企业家，他们能获得某种成功，正是比普通人更能行动和坚持。但这种行动和坚持能给自己的人生带来什么？给他人和世界带来什么？关键在于，被什么样的理想所引导。所以对这个群体来说，树立高尚的理想特别重要。了解玄奘的理想，可以帮助我们重新审视并提升自己的理想。了解玄奘为实现理想所具有的崇高精神和坚韧毅力，见贤思齐，有助于我们更好地实现理想。

玄奘之路，是追求理想之路、实践理想之路。它不仅是地理上的路线，更是文化传承之路，是探究生命和世界真相之路，是降魔成道之路。我们唯有认识到其中的精神内涵，才能正确认识玄奘之路对人类的巨大价值。

记者：为什么求法那么重要呢？或者说，如果没有佛法，人生会缺少些什么？

济群法师：人其实是文化的产品，所以文化传承意义重大。有句话，叫作"思想的高度决定行动的高度"。我们在做人做事的过程中，是立足于一件事，立足于整个人生，还是立足于过去、现在、未来的生命长河？这就决定了我们会度过什么样的人生。

很多人都立足于一件事，比如做企业的只关心企业，不关心做人；只追求企业的成功，不追求做人的成功。儒家虽然重视做人，但只关心今生这个片段。而佛法不仅关注今生，也关注未来生命的走向，关注尽未来际的利益。

如果没有佛法，我们将看不清生命真相，无法解除生命永恒的困惑；如果没有佛法，我们将无法了悟心性，建立高尚的精神追求；如果没有佛法，我们将无法降伏内心魔障，造就圣贤品质；如果没有佛法，我们想过得幸福都不容易，因为内心的迷惑烦恼会不断制造痛苦，带来麻烦。唯有看清这些问题，我们才能真正认识到佛法的重要，认识到传承智慧文化对人类的价值。因为法的重要，玄奘求法的理想才如此重要。

西行路上忆古德

记者：关于玄奘的求法，文学作品和民间传说往往将之说成"西天取经"。"西天"二字，既代表方位，也代表出世，更意味着这是一条障碍重重、难于上青天的路，法师走的时候有什么体会？

济群法师：我们只参与了一小段，不到六十里。相比之下，玄奘的五万里行程几乎有千倍之多。从困难程度来说，更是不可同日而语。我们不必冒着被遣送的危险，有充足的水源供给和后勤保障，有大部队和全球定位系统（GPS）引领，没有迷路困扰，更没有性命之忧。但即使在这么好的条件下，行走戈壁也是一种挑战。

在烈日炙烤下，地表温度超过40℃，上无飞鸟，下无走兽，复无水草。举目四顾，只有一望无垠的戈壁，四处飞卷的风沙。此情此景，想到玄奘三藏所说的"是时顾影唯一，但念观音菩萨及《般若心经》"，才全身心地感受到，他对理想的坚持是多么不易，多么值得我们景仰、学习和效仿。"纸上得来终觉浅，绝知此事要躬行"，诚然如是。

记者：在行程过半，到达第二补给站时，法师的身体有点状况，主办方的医生曾劝您返回，为什么您选择继续坚持？

济群法师：走在这条路上，想到古德为了传播佛法万里跋涉，不论是到印度取经者，还是由印度来华传法者，都是这样不顾安危，不惜生命，油然从内心生起神圣之感。同时，也感到一份沉甸甸的责任和使命。从佛陀开始，一代代高僧大德把正法传到今天，我们又该怎样来传承法，践行法，弘扬法？

中途的时候，因为心脏有些不适，所以被医生劝返过。但我想到古德的精神，想到我们这代人的责任，觉得应该坚持下来。更何况，这段路比起玄奘当年，实在算不了什么。我想，可以走慢一点，也可以到晚一点，终归是能走到的。

讲到玄奘理想的时候，有"降魔成道的意义"。这个魔，包括外在的环境、内在的心魔，也包括色身的五蕴魔。克服这个障碍，同样是修行路上的功课。其实对我来说，走多少不重要，关键是带着什么样的心来走。所以，我不是为了路程在坚持，而是为了精神在坚持。

玄奘之路对教界的意义

记者：从法师开示的玄奘精神来看，"玄奘之路"本该是佛弟子追随古德、效仿先贤的修行路，您觉得它对今天的佛教界有什么意义？

济群法师：近年来，"玄奘之路"的热度一路攀升，这从一个侧面反映了社会对精神层面的需求。尤其在物质生活水平大幅提高的今天，人们的精神世界显得格外疲软和匮乏。佛教界也是社会的折射。我觉得，当今教界特别缺少古德这种"荷担如来家业"的精神，缺少积极济世的大乘菩萨道精神。

科技的发展，使闻法变得前所未有地便捷，但我们并没有因此学得更好，反而对法习以为常，麻木无感，好像这只是铺天盖地的资讯中的一种知识而已。古德曾告诫世人："莫将容易得，便作等闲看。"事实上，我们对法有多少珍惜，有多少信心，才能于法有多少受用。

二千五百多年前，释迦牟尼佛为众生找到觉醒之道。其后，历代高僧大德为法忘躯，将这一智慧传承至今。作为今天的佛弟子，我们怎么克服对法的漠然，生起虔敬的求法之心？体验玄奘的求法之路，应该是较为有效的方法之一。在严酷的环境下，通过一步步跋涉、一次次追问，走近古德的理想，效仿古德的行动和坚持，可以帮助我们重新认识法的价值。

鲁迅先生曾经说过："我们自古以来，就有埋头苦干的人，有拼命硬干的人，有为民请命的人，有舍身求法的人，……这就是中国的脊梁。"我想，玄奘精神也应该成为佛教界的脊梁。如果我们有这样的担当，何愁正法不兴？

玄奘之路对社会的意义

记者：对于非佛教徒来说，玄奘之路的意义是什么呢？

济群法师：前面讲过，这项活动给每个参与者都带来了不同程度的改变，所以本身是很有意义的。如果再赋予玄奘的精神内涵，对社会的意义就更大了。

现在政府提倡文化强国，提倡文化自信。怎么自信？就是要认识到自家现有的宝藏。在儒释道文化中，佛教虽然是外来文化，但传入中国已两千多年，影响着中国文化乃至国人生活的方方面面，并在许多方面弥补了儒家文化的不足。这一点，我在很多文章中都有过阐述。

当我们看到佛教在东西方文化中的价值，必然能对此具足自信。比如敦煌，每年都吸引着世界各地的朝圣和观光者。这一文化的源头就是佛教。可以说，没有佛教信仰，就没有莫高窟的辉煌。作为表达信仰的载体，莫高窟以不同时代的造像风格，见证了佛教中国化的历程，也见证了千余年艺术风格的演变，是闪耀在世界艺术宝库的璀璨明珠。如果我们因为经济富强而自信，只是暴发户式的自大。而文化上的自信，才能给我们带来真正的、无须包装的自信。

此外，我们更要认识到佛教文化的独特性，认识佛教和其他宗教、哲学的不共之处。佛法自古就被称为心学，是引导人们认识、调整、提升心性的智慧，是解决生命永恒困惑的指南，是令凡夫改造生命乃至成圣成贤的途径，有理论，有实践，而这正是其他文化的薄弱之处。

玄奘之路的意义，在于玄奘的理想，而这个理想，直接关系到国人的精神建设。这是当今世界最为需要的。没有健康的心智，物质越丰富，资源的消耗就越多；科技越发达，潜在的危险就越多，那么，人类终将走上一条自我毁灭的不归路。

希望人们通过玄奘之路，了解玄奘精神，接触正信佛法，进而闻法修行，提升生命品质。这才是究竟的意义所在。

一路上，"菩提书院"和"三级修学"的旗帜在天地间飘扬，为苍茫戈壁画出希望的绿色。愿这抹绿色乘风而行，给喧嚣红尘带去更多清凉。

当晚 9 点，法师一行到达首日终点破城子。十个小时的跋涉，暂时结束。没有其他队伍中常见的欢呼，因为我们知道，追随玄奘足迹，是为了追随善知识，追随佛陀，这条路，没有终点！

缅怀玄奘精神,荷担如来家业

如何让生命更美好

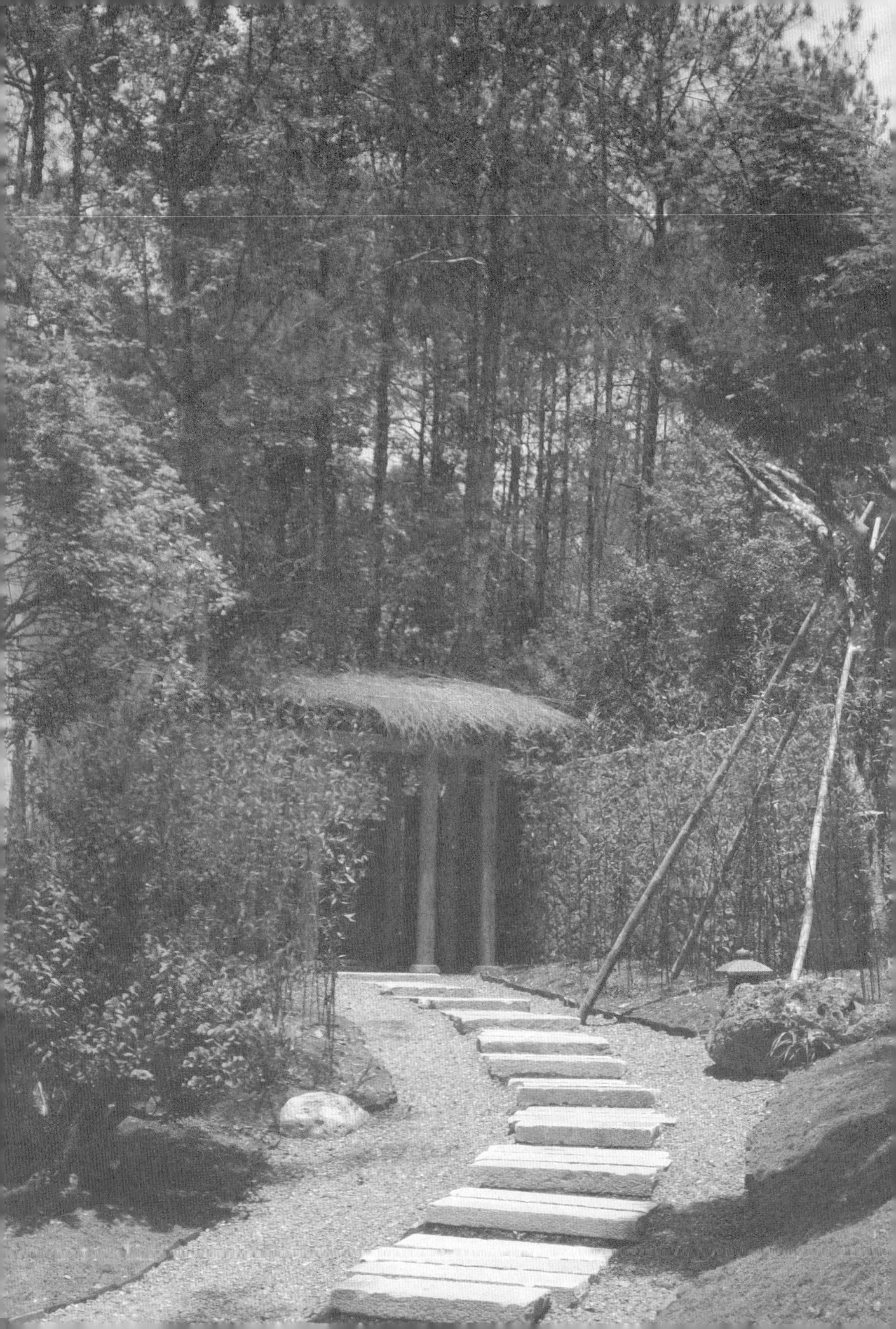

我是初次来到敦煌，但之前就对这里有一份情感、一份向往。我想，这也是很多佛弟子共同的感受。因为敦煌不仅有莫高窟这样闻名世界的佛教艺术宝库，还有法显、玄奘等西行求法者留下的足迹，是我们礼敬佛陀、缅怀古德的朝圣之地。从另一个角度看，敦煌又是丝绸之路的中心，是东西方文明的交汇处。正如学者季羡林所说："世界上历史悠久、地域广阔、自成体系、影响深远的文化体系只有四个：中国、印度、希腊、伊斯兰，再没有第五个。而这四个文化体系汇流的地方只有一个，就是中国的敦煌和新疆地区，再没有第二个。"

带着朝圣的心来到这里，确实有一种穿越历史、追随古德的神圣感。

缅怀先贤求法的精神

近年来，我时常应邀为戈友们开讲《玄奘的精神》。这一次，也是因为戈友会发起的"玄奘之路"来到这里，将从瓜州阿育王寺开始，沿着玄奘三藏当年西行的路线，体验一天的戈壁行。

敦煌是佛教从古印度传入中国的重镇，也是古德西行求法的要道。在这条路上留下足迹的，除了法显、玄奘等流芳千古的高僧，还有更多不为人知的先贤。他们中的很多人，甚至没能到达目的地。义净三藏有诗云："晋宋齐梁唐代间，高僧求法离长安。去者成百归无十，后者安知前者难。远路碧天唯冷结，沙河遮日力疲殚。后贤如未谙斯旨，往往将经容易看。"虽然义净三藏本人是由海路前往古印度的，但从诗中的"离长安""沙河遮日"来看，应该是描绘由丝绸之路前往古印度的艰难。

因为路途漫长而艰险，最终到达古印度并东归译经的成功者寥寥无几。但每一位上路的先贤，他们明知前路险恶仍毅然西行的选择，他们为追求真理而不惜生命的精神，特别值得今天的佛弟子思考、景仰和效仿。因为他们的前仆后继、薪火相传，才使佛教流传两千五百多年，利益无量众生；才使佛教由古印度传到亚洲各国，以及今天的世界各地，引领人们走上佛陀在菩提树下证悟的解脱之道。

我们对佛法智慧认识越深，越会由衷缅怀这些西行求法的先贤。他们的选择，值得我们思考；他们的理想，值得我们景仰；他们的精神，值得我们效仿。虽然今天的佛弟子不需要像他们那样万里跋涉，但在"上求佛道、下化众生"的道路上，我们同样要面对无数的挑战和障碍。因为在今天这个资讯爆炸、诱惑重重的环境下，修行比任何一个时代更为艰难，特别需要这种勇往直前不退转、不达目的不罢休的精神。

认识佛法在当代的价值

在二十多年的弘法过程中，我接触到很多高校学生、商学院的研修者和各领域的从业者，看到大众对佛法的需求日益普遍。从二十世纪八十年代宗教信仰自由政策恢复以来，可以说，我亲眼见证了这一变化。尤其是近十年来，这种需求不仅在扩大，而且开始有了深度。人们不再满足于简单的求求拜拜，还会进一步思考人生，追问生命的意义。

今天，虽然物质和科技文明高度发达，但人类自身的问题越来越多，对自我的迷失越来越深，内心的烦恼痛苦越来越重，甚至生态环境也越来越恶劣。如何从根本上解决这些困境？离不开佛法。因为世界的一切问题，无非是人的问题；人的问题，无非是心的问题。而对心的认识和调整，正是佛法智慧的强项，也是它和西方文化的不共所在。在这样的大背景下，更凸显了佛法对世界的价值。

现在政府开始重视国学，因为一个强国的崛起，除了经济繁荣，也离不开文化建设。说到中国传统文化，春秋战国时虽有诸子百家，但之后主要是儒释道三家。其中，佛教虽然属于外来文化，但在中国已有两千五百多年历史，和本土文化水乳交织，对哲学、文学、艺术等领域有着深远影响，并从道德、民俗、语言等方面渗透于民众生活中。更重要的是，它能弥补儒家文化的不足。

儒家思想重视现世，避谈生死，对心性的认识也较为薄弱。而佛教的轮回思想和心性理论，正是最好的补充。轮回思想让我们看到，生命不仅有今生，还有无尽的过去，并将延续到无限的未来。这是引导我们从更高的角度看待生命，做出选择。否则，今生不过短短几十年，稍纵即逝。如果把握不住当下这个改变命运的机会，一息不来，又会去向哪里？

而心性理论让我们对生命的认识更有深度。佛法自古以来就被称为心学，从心理健康到人文建设，从心性修养到明心见性，都离不开对心的了解。心性理论之所以具有指导意义，因为它不是来自玄想，而是佛陀通过禅修亲证的，也是历代祖师大德依法修行证得的。如果缺乏这一智慧，人类对自身的了解就会流于表面，是难以深入的。

从这两点来看，佛法不仅可以弥补中国本土文化的不足，也可弥补西方文化的不足。因为西方文化对轮回和心性同样陌生，对自我和世界真相的认识同样薄弱。西方哲学主要通过理性认识世界，但自康德开始就已看到，理性是无法通达世界本质的。因为对真相的认识，是取决于我们的认识能力。这种能力来自生命本具的无限智慧。佛教所说的明心见性，就是对这一智慧的开显，这不是仅靠理性思维就可达成的。

所以，佛教在重视理性，强调正见、正思惟的前提下，还有修证的部分，即通过禅定开发觉性，这样才能看清万物真相。仅仅借助理性观察世界，就像以有限认识无限那样，永远不可能穷尽。一旦通达觉性，才能了知世间真相。因为心的本质，就是世界的本质。

认识到佛法智慧的殊胜和独特性，自然能对中国文化建立自信，也会更加缅怀古德。正是他们的为法忘躯，我们今天才有机会学习并传承这一智慧。这个认识越深刻，对古德的求法精神就会越珍惜。不仅要珍惜，更要以行动传承这份宝贵的文化遗产。

在点亮自己心灯的同时，点亮千万众生的心灯，光光互映，让世界充满光明。

了解修学存在的问题

　　点亮心灯并不是容易的事。二千五百多年前，佛陀在菩提树下夜睹明星，明心见性，发现一切众生都有佛性。这是佛陀对世界最大的贡献，因为他为我们指出了自救之道，给生命带来了希望。

　　西方宗教认为，人是没有自救能力的，必须通过对神的祈祷，依靠神的拯救。而佛陀通过修行发现，世上并没有万能的神，相反，每个人都有觉悟潜质，都能成佛。这个发现，佛陀称为"古仙人道"——就像在原始森林中找到一条出路，而且是过去诸佛走过的。

　　为什么说在原始森林中？因为凡夫的生命充满迷惑和烦恼。我们平时关心最多的，主要是有限性的问题，比如家庭、感情、财富、人际关系等，还有各种不绝如缕的颠倒妄想。但要知道，真正决定生命层次的，是关于无限性的问题，比如"我是谁，生从何来死往何去，活着的意义是什么，世界的真相是什么？"如果不关心这些，或找不到答案，人生必然是被动而非主动的选择。哲学和宗教的出现，正是为了解决这些终极问题。

在点亮心灯之前，我们都处在无明状态，什么也看不清。因为看不清，就会引发错误认识，对自己产生我执，对世界产生法执，进而制造无尽烦恼。带着这些烦恼去看世界、看人生，又会导致更大的误解、更多的烦恼。生命就在惑、业、苦的轮回中流转，找不到出路。是佛陀的发现让我们知道，在漫漫长夜中，还有觉性之光。而且这是众生本自具足的，不假外求。

佛陀发现这条道路后，说法四十五年，施设种种法门。其后，历代祖师续佛慧命，将这些教法一代代传承下来。遗憾的是，这条路在今天又变得扑朔迷离，模糊不清。

一方面，资讯高度发达，使人们有更多机会阅读经典，学习法义。但与此对应的，则是明眼师长难值难遇。如果没有善知识的有效引导，资讯越多，反而会造成干扰，让人目迷五色。很多人也在读经，也在禅修，也在学戒，也做各种弘法事业，但这和走向解脱有什么关系？依然是模糊的。

另一方面，经济高度发达，诱惑越来越多，引发的妄想也越来越多。在生活比较单纯的过去，我们还有时间静下心来面对自己。而现在，我们每天都被碎片化的资讯充斥，没有一刻安宁。在这样混乱浮躁的心田，佛法是很难生根发芽的。

近年来，我一直在思考现代人学佛存在的问题。比如，我们学了很多道理，究竟怎么落实到生命中，做到知行合一，而不是说食数宝？再有，汉传佛教属于大乘，但多数人并没有发起菩提心、践行慈悲利他的精神，让大众觉得学佛是悲观消极的，对社会没有作用。其三，我们虽然皈依了，成为佛弟子，但内心对三宝的信仰并没有与日俱增，原因到底在哪里？解决这些问题，关键是找到有效的修学方法。

找到有效修学的方法

佛教从汉哀帝元寿元年传入中国，在南北朝至隋唐时期走向鼎盛，宋元明清后又一路衰落。所以我们今天传承的佛教，除优良传统外，也夹杂着陈规陋习，这是我们需要反省的。

同时还要看清方向，在菩提路上稳步前行，而不是例行公事般地做很多事，却对修行目标不明确、不清晰。2005年，我在《佛法修学次第的思考》中提出修学五大要素，即皈依、发心、戒律、正见、止观。佛法虽然博大精深，有南传、汉传、藏传三大语系，有天台、华严、唯识等诸多宗派，但离不开共同的基础。此外，汉传佛教的健康发展需要加强六种建设，即人生佛教的建设、信仰建设、大乘精神建设、修学次第建设、教制建设和大乘解脱道建设。在这些思考基础上，我设立了三级修学体系，旨在为大众提供有次第、有氛围、有引导的修学模式。以下，简要介绍其中几点。

第一是人生佛教建设，帮助我们将所学佛法汇归到现实人生。佛陀为什么要说法？是因为众生有问题，有迷惑，有烦恼。所以，佛法的中心不是经典，而是为每个人服务的，是帮助我们认识自己，解决迷惑烦恼。正如祖师所说："佛说一切法，为度一切心。若无一切心，何用一切法？"如果众生没有问题，佛陀就不需要施设八万四千法门了。所以，要把所学佛法和人生挂钩，通过树立正见，调整心态，来提升生命品质。

第二是信仰建设，强化三宝在心中的分量和地位。为此，我专门写了《皈依修学手册》，帮助大家认识皈依的意义和学处，并编有《皈依共修仪轨》，提倡把修习皈依作为日常定课。我们皈依三宝，首先要对佛法僧有全面认识，知道三宝对我们意味着什么，进而如法宣誓，获得皈依体。这是走上菩提道的开始，也是继续前行的动力。此后还要不断巩固，藏传和南传非常重视皈依修习，汉传佛教虽将此纳入早晚功课，但总体重视不够，这是很多人道心退失的主要原因。所以，皈依不仅是一次仪式，也不是阶段性的修习内容，而要日日修，年年修。我们由皈依走入佛门，确立以三宝为究竟归宿。进而通过对佛法僧的忆念和学习，最终于自身成就三宝品质。可以说，整个学佛都没有离开皈依，是从

皈依住持三宝到开发自性三宝的过程。

此外，戒律非常重要，可以帮助我们建立清净健康的生活。这是学佛不可或缺的基础，也是正顺解脱之本，无上菩提之本。现代人为什么如此浮躁？就是因为生活太混乱了，没规律也没节制。在这样的状态下，内心是无法安定的，更不可能产生智慧。戒定慧三学，是由戒生定，由定发慧。首先依戒律如法生活，然后以禅修安顿身心。当身安心定，就能像水清月现那样，使智慧光明显现出来。

有了以上这些基础之后，修行到底要修什么呢？学佛的最终目标，是成就佛菩萨的品质，那就是大智慧和大慈悲。整个修行都应该围绕这两个目标。我们了解缘起因果，了解无自性空或诸法唯识，目的是具备闻思正见。然后要通过止观禅修，将之转化为心行正见、圆满智慧的修行。在汉传佛教的修行中，禅宗起点太高，而教下的理论过于复杂。所以对今天的人来说，特别需要借助有效的方法，抓住核心，次第而行。

另一方面，还要重视慈悲的修行。汉传佛教是大乘，要发扬积极济世的菩萨道精神。为什么观音菩萨在中国家喻户晓？就是因为菩萨心怀慈悲，寻声救苦，令众生远离痛苦，获得快乐。儒家讲仁者爱人，基督教讲博爱，而佛教所说的大慈大悲更广大、更深刻，蕴含的智慧更高深，这是我们需要学习和落实的。但现在人对观音的信仰，多数是把观音菩萨作为保护神，从来没有想着将此作为学习榜样，最终成就观音菩萨那样的品格。之所以这样，就是因为对菩提心认识不足。

菩提心是大乘佛法的核心，也是学佛者口中的高频词，但往往只是停留在口头。什么是菩提心？就是在内心真正生起"我要帮助一切众生离苦得乐，走向生命觉醒"的愿望。修学上路之后，我们会发现，如果不走向觉醒，生命将面对无尽的迷惑和烦恼，是没有出路的。当我们获得这种定解，必然会生起真切的菩提心。佛菩萨过去也和我们一样，是从凡夫开始修行的。彼是丈夫我亦是，我们要相信佛陀的教导，相信自己也能通过修行，圆满佛菩萨那样的悲智品质。

怎样让菩提心发得更真切，更有效？汉传佛教中，不少人喜欢受菩萨戒，以为这代表着一种资格。但由于认识不足，很多人虽然受了菩萨戒，却没有发起菩提心，也没有进一步修习慈悲，是名不副实的"菩萨"。而在印度和西藏的传统中，则是先受菩提心戒，在十方三宝的证明下，确立自利利他的愿望。生起愿菩提心之后，再进一步受持菩萨戒，将愿心落实到行动中，广行六度，做种种利他善行，为行菩提心。

在发菩提心、行菩萨行的过程中，因为我们的心行基础是凡夫心，有贪有嗔有痴，不能平等地接纳一切人，慈悲一切人，就需要进一步学习正见，并通过禅修实践，最终通达空性，成就胜义菩提心。至此，我们才能像观音菩萨那样，对一切众生具足无缘大慈，同体大悲。从本质上说，我们和六道一切众生是一体的，和十方诸佛菩萨是一体的，和宇宙万物也是一体的。体证到心的这个层面，才能圆满无限的慈悲。

在修学过程中，我们还要定期检验修学成果，看看自己的慈悲有没有增长，智慧有没有增长，烦恼有没有减少？如果慈悲和智慧没有增长，烦恼没有减少，那就白学了，最多是种种善根而已，是没有力量的。增长悲智少烦恼，既是佛法对人类的价值，也是检验学佛效果的硬标准。

结说

了解到佛法的价值，我们要发心传承这盏智慧之灯，让它照亮世界，驱散迷惑、烦恼、仇恨、伤害等负面现象。尤其在今天这个时代，科技使人类的破坏力日益增强。怎样化解这些潜在的危机？同样离不开佛法。只有健全的人格、健康的心态，才能使科技文明得到妥善使用。否则，很可能使世界危机四伏，同时让自己在物欲中随波逐流，不能自主。当我们的生命改变了，世界才会改变；当我们的内心和谐了，世界才会和谐；当我们的内心光明了，世界才会充满光明。

　　玄奘三藏从小就发愿"远绍如来，近光遗法"，我们也要以此作为自己的愿力，传承佛法，利益众生。如果今天的佛子都能具有这样的情怀，不仅是佛法之幸，也是众生之幸、世界之幸。

觉醒的艺术

——2017年暮春讲于上海"厢"

如何让生命更美好

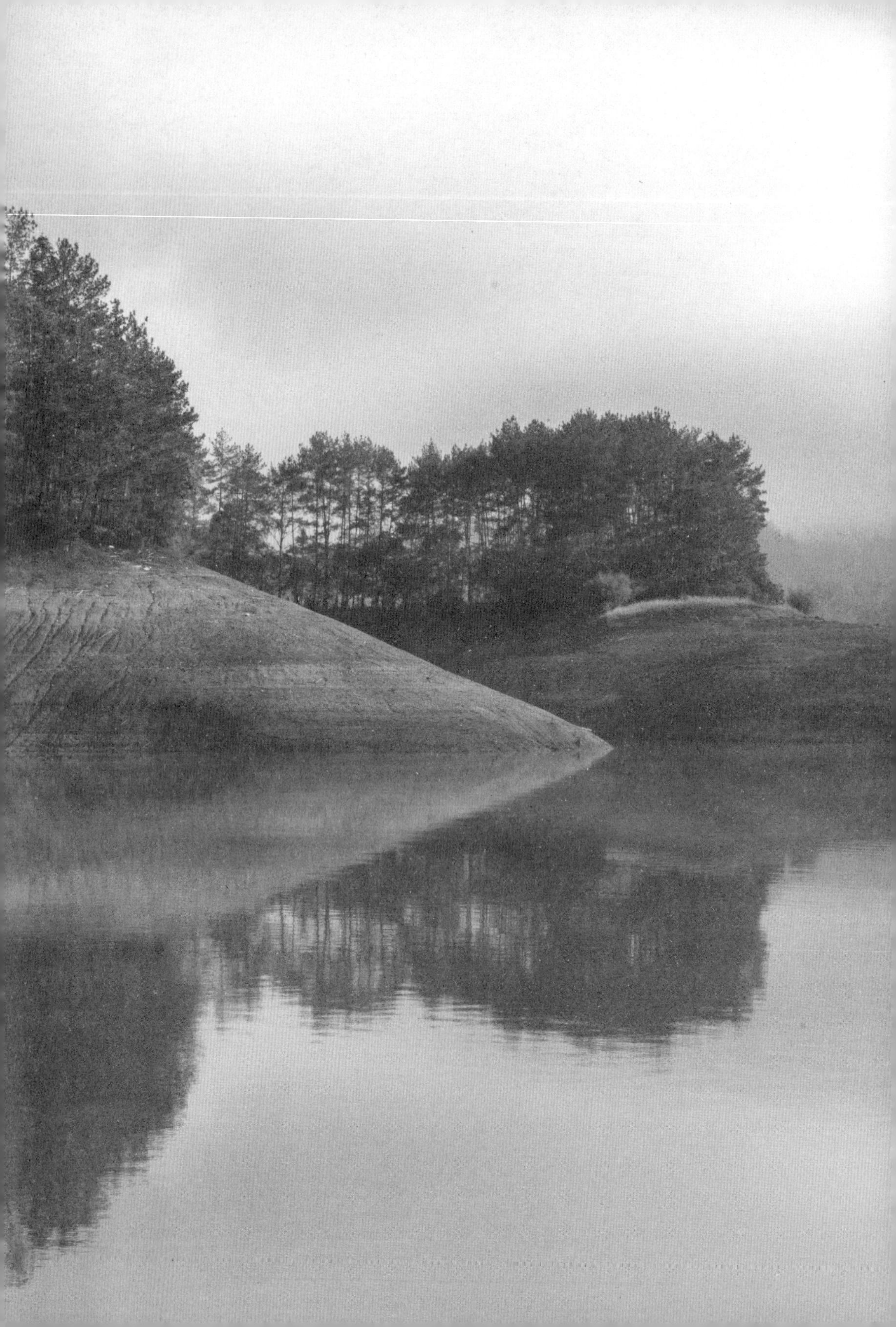

今天的因缘很特殊。这处叫作"厢"的场地即将拆除，设计师希望面向艺术界的朋友做场活动作为纪念，并邀请我举办一场讲座。从佛法来说，这是无常的示现，因此，我将主题定为"觉醒的艺术"。

无常是佛教的重要法义，为"三法印"之一。所谓"三法印"，即简别是否佛法的三大特征。一是诸行无常，说明一切有为现象是无常变化的，破除我们对恒常的设定；二是诸法无我，否定凡夫对自己的错误认知，引导我们认识自己，找回自己；三是涅槃寂静，彻底平息内心的迷惑、烦恼，回归生命内在的寂静安乐，也就是觉醒。

觉醒，离不开对无常无我的认知。所以这个因缘本身也在说法，是万物在说无常法。虽然世间刹那生灭，迁变不定，但我们感觉迟钝，且总在选择性地忽略，还是会无常执常，无我执我。借由这座美妙建筑的即将消失，让人产生无常的幻灭感，相信对每个人都有触动。

佛教与艺术

今天的主题涉及佛教和艺术，二者都是人类重要的精神活动，关系密切，彼此成就。

1. 无相和有相

虽说佛法是无我无相的，但为了"令十方瞻仰慈容者，皆大欢喜，信受皈依，广种善根，潜消恶念"，从印度到中国，乃至佛法所至的世界各地，都出现了大量造像。所以，佛教历来就与艺术有着不解之缘。如果说艺术是佛教传播的重要助缘，那么佛教也使艺术得到了极大发展。

因为信仰的需求，印度出现了阿育王石柱、桑奇大塔、菩提伽耶、阿旃陀石窟等集雕塑、建筑于一身的艺术珍藏。而佛教传入中国后，信众为表达虔诚纷纷造像。从早期的克孜尔、炳灵寺等石窟，到此后的敦煌、云冈、龙门、麦积山等，造型经历本土化的演变，地域更是横贯东西、纵穿南北。它们既是佛教史的重要组成，也是艺术史的辉煌篇章。很难想象，如果没有佛教，我们今天的艺术史会是怎样。

除了造像，为使广大信众理解佛教法义，大量经变图应运而生。所谓经变图，就是将抽象的经文以图像方式呈现，如《西方净土变》《弥勒经变》《法华经变》《维摩经变》《涅槃经变》《药师经变》《观音经变》等。这种寓教于形的生动展现，不仅作为壁画出现在佛窟、寺院，还被绘制为各种长卷。它们在弘扬佛法的同时，也成为珍贵的艺术遗产，被各大博物馆珍藏。

此外，为抄写佛经留下了大量书法作品，有著名书法家的墨宝，也有无名信众的手迹。而中国传世的古建中，塔寺等佛教建筑在数量和质量上都占有绝对优势。可以说，它们都是佛教传承中留下的副产品。我们在继承这些文化遗产时，也要了解它们出现的渊源，了解有形之物背后的精神内涵。

2. 以意境为先导

除了直接服务佛教外，佛法的思想高度，也对中国传统艺术产生了全面影响。对重写意而轻写实、重表现而轻再现的中国画来说，作者有什么心境，对世界有什么认识，都会不同程度地体现在作品中，故有画品即人品之说。这个人品不仅指道德修养，更包括眼光和境界。正因为如此，古人才会格外推崇文人画，强调作品的立意和神韵，而不以形似和技巧论高下。

佛法无我无相的空性思想，可以让人修养心性，在作品中呈现寂静、超然的意境。被尊为文人画鼻祖的王维，就是虔诚的佛教徒。如果没有这样的精神提升，充满世俗心和对相的执着，如何传达空灵的境界？

此外，源于中国而盛行于日本的茶道，最初也是出自寺院。因为与修行结合，使得这项日常行为得以升华，成为以茶修身的方式、生活美学的典范。包括由此衍生的花道等，内成于心，外化于形，都是承载佛法内涵并代代传承的文化。当这些行为被赋予禅的意境，喝茶不再是普通的喝茶，插花不再是普通的插花，而是成为悟道助缘，并起到表法作用，使人安住其中，收摄妄心。

3. 法无定法论自由

虽说佛教留下了大量文化遗产，但在全面现代化并盛行西方艺术的今天，这种古老的东方智慧还能给我们带来养分吗？会与现代人崇尚的自由相悖吗？

西方艺术自文艺复兴后，从神本转向人本，赞美人的价值，倡导个性解放，带来科学、文化的全面繁荣。但随着工业革命的到来，及"一战""二战"的爆发，艺术家们发现，人性并不是那么美好，反而存在种种问题。所谓的个性解放，在开发人类潜能的同时，也极大地助长了贪婪、仇恨、对立等负面心理，给社会和生态环境带来种种问题。

在这样的大背景下，艺术家们开始寻找新的突破，作品中出现了更多的质疑和反思。相对古典艺术，现代艺术从审美到表现方式有了极大的、可以说是颠覆性的改变。如果说传统艺术追求的是美，那么当代艺术更追求的是真。而在表现手法上，在作为分水岭的印象派出现后，野兽派、立体派、表现派、超现实主义等新兴流派层出不穷，并从架上绘画发展到装置艺术、行为艺术、观念艺术等，甚至直接使用了现成品。

当创作形式被不断突破，技巧功力也不那么重要时，艺术不再局限于某种边界，而有了无限的可能。甚至有评论家提出，"实际上没有艺术这种东西，只有艺术家而已"。这一观点看似激进，却与禅宗有某种契合。在佛教中，禅宗以法无定法、打破一切形式，有别于教下各宗的修行。比如有人问禅师"什么是禅"，回答往往出人意料，可能是麻三斤，是庭前柏树子，也可能什么都不是。为什么会这样？因为禅宗修行是直接打破能所，着力点因人而异，并不顺应修学常道，才会看起来语出格外。但这种做法只有明眼人才能拿捏得当，否则就会流于狂禅和口头禅，所以禅法不在形式、不在公案，而在禅师的证量和善巧。当代艺术也有类似特点。究竟是垃圾还是艺术，区别在于眼界。你是什么，就能赋予作品什么内涵。

西方文化追求自由，但总体是社会性的，如信仰自由、言论自由、环境自由、财务自由等。但在佛法看来，心的自由最为重要。这就必须摆脱生命内在的迷惑和烦恼，如果没有这个前提，外在自由反而会助长负面心理，使人失去约束，陷入癫狂、混乱、极端。

事实上，从整个社会到艺术领域，我们都能看到这样的乱象。自由带来的不是自在，而是自大和自嗨，是假自由之名的争名夺利，群魔乱舞。

觉醒艺术的提出

觉醒的艺术，正是针对这一乱象提出的。它和普通艺术的根本区别在于——把生命本身作为创作对象。

1. 次品还是艺术品

企业家生产产品，重视设计和做工；艺术家创作作品，重视构思和表现。我们是否想过，自己的生命也是作品，也需要规划？它是次品、合格品还是艺术品？

我们之所以成为今天这样的人，是文化教育、生活习惯、社会经验共同造就的。从小，我们接受家庭影响和学校教育，进而走上社会，为人处世。在此过程中，观念和身口意三业相互影响。观念会决定行为，行为又会影响观念。同时，一切的所思、所言、所行都会在内心留下记录，形成习惯、心态、性格，并最终成为生命品质。

　　学艺术的人应该对天赋很有体会。我们之所以走上这条道路，往往是来自内心的召唤，且从小就表现出相关的爱好和能力。为什么会有天赋？佛法认为，我们来到这个世界不是一张白纸，而是以过去生的积累为起点，今生的积累又会成为未来的起点，所有努力都是功不唐捐的。如果今生从事艺术，并对这个选择心无旁骛，乐此不疲，来生可能还会继续，至少学起来比别人更快。古人说"书到今生读已迟"，正是说明生命的不同积累。但不论起点是什么，关键还在于今生的努力。佛法重视人身，视之为六道枢纽，就是因为人可以通过努力改变生命积累，调整未来方向。

　　当我们认清构成生命的要素，确定自己想成为什么样的人，就要对生命进行主动规划，自觉管理。否则往往会被世俗同化，不知不觉地形成某些观念，然后依此生活。如果这样，我们的生命最多只是普通产品，还会因为各种失误沦为次品。我常说，你是什么比你拥有什么更重要。不仅重要，而且重要百千万倍。因为拥有只是暂时的，而你是什么，关系到整个一生，乃至生生世世。

2. 从认知到创作

　　觉醒的艺术，是把生命当作艺术品来打造。用现在的话说，就是成为更好的自己。但什么才是更好的自己？是相貌美一点，心情好一点，知识多一点，还是地位高一点，财务自由一点？每个人都有自己的标准。从佛法角度来说，是取决于生命品质的提升。

这就要有人生的大智慧，才能看清"我是谁"，了解人为什么活着，生命的意义在哪里。否则，我们只能在迷惘中凭感觉摸索。不少艺术家虽然有了专业成就，却无法解决生命的迷思，甚至会走上绝路。因为他们生性敏感，看到了世俗生活的荒谬，不甘于日复一日地重复，却看不到希望所在。

如何打造觉醒的生命？和艺术创作同样，离不开认知和创作两方面。简单地说，就是知道做什么，怎么做。西方哲学也关心人生问题，早在古希腊时期就提出"认识你自己"。但哲学是从理性认识人生和世界，是对现象的探索。即使能在逻辑上自洽，也缺少对本质的透彻。所以哲学关于自由、独立、生死、终极价值、世界本质等问题的思考，几千年来不断提出新的观点，又不断被质疑、被推翻。而佛法不仅重视闻思正见，更要通过禅修开启本具的无限智慧。这种解决是直接从根本悟入，而不是立足于现象。

至于创作层面，就是通过什么手段成就，相当于艺术中的不同表现手法。在这个问题上，佛陀应机设教，针对众生的根机差别，从各个角度予以教化，所以在不同时期留下了众多教法，有八万四千法门之说。以下，从唯识、中观、禅宗三个角度做简要介绍。这是大乘佛教的三种主要见地，也是迈向觉醒的三种途径。

从唯识谈觉醒

佛法认为，心有真妄两个层面。唯识修行是从妄心入手，对心理的分析最为深入。玄奘三藏求法归国后，就翻译了大量唯识经典。

1. 种子

在唯识思想中，将心理现象归纳为八识五十一心所。八识为眼识、耳识、鼻识、舌识、身识、意识、末那识和阿赖耶识。其中，前六识属于意识范畴，即我们可以感知的部分。而潜意识虽然感觉不到，却时时都在产生作用。相比之下，眼耳鼻舌身的作用需要一定外在条件，比如眼识九缘生，说明眼识必须具备九种条件才能产生。意识虽然覆盖范围很广，但在晕厥等特殊时刻也是不起作用的。

而潜意识就不同了。我们为什么处处以自我为中心？就是第七末那识的作用。因为它不能正确认识第八阿赖耶识，视之为恒常不变的实体，以此作为"我"。当这种潜意识进入意识领域，就会本能地对自我产生执着。为什么末那识把阿赖耶识执以为"我"？

因为它是生命延续的载体，虽然刹那生灭，却相似相续、不常不断，储藏着我们无始以来的生命信息。即使我们死去，并在轮回中改变生命形态，信息依然不会消失。

这些信息就是唯识所说的"种子"。我们所有的言行和想法，都会在阿赖耶识播下种子，得以保存。一旦条件具备，种子就会产生活动，即"种子生现行"。但这种活动并不是简单、机械的复制，还会介入意识活动，所以我们才能对身口意加以选择，才有改变生命的可能。当行为形成后，又会在内心进一步熏习种子，即"现行熏种子"。

生命延续就是"种子生现行，现行熏种子"的过程。我们所有的学习、做事，乃至艺术创作，都离不开"种子生现行"。在做的同时，相关能力会得到强化，为"现行熏种子"。然后，我们再带着这种能力继续做事，又会使种子得到增长和强化。艺术工作者对这点应该深有体会：我们的技巧和眼光，就是在日复一日的练习中得到培养的。即使有天赋，也离不开今生的训练，只是起点比别人高而已。这个起点并不是天生的，只是因为你在过去生训练得更多，储存的种子更多。

我们的生命同样如此，由所思、所言、所行形成种子。什么种子被重复得最多，什么就会成为生命的主导力量，还会由内而外地显现出来。比如"相由心生"，其实就是生命积累的外化。当一个人充满慈悲，不仅会传达这种气息，相关表情也会不断重复，看起来慈眉善目。古人说"一日不读书，尘生其中；两日不读书，言语乏味；三日不读书，面目可憎"，也是这个道理。尤其是缺乏对智慧文化的学习，不仅乏味而可憎，还会因为无明落入贪嗔痴串习，造作种种不善业。

生命是复合的存在，在五十一心所中，有遍行心所五种、别境心所五种、善心所十一种、根本烦恼六种、随烦恼二十种和不定心所四种。其中，对人生影响较大的是善心所及烦恼心所。究竟是发展善心，还是纵容烦恼，在于自己的选择，而选择来自观念。虽然每个人内心有很多负面种子，但如果我们能看清真相，不为此创造条件，它们就会停止发展。进一步，可以通过修行来消除这些力量。反之，我们也能通过种子和现行的相互作用，培养良好的心态和习惯，完成生命的正向成长。

2. 三性

除了对心理现象的剖析，唯识宗还以三性思想阐述了认识和存在、现象和本质的关系。这也是极其重要的哲学问题。唯识宗认为，我们认识的世界包含三个层面：一是遍计所执相，即主观错觉的世界，是被我们的情绪、观念、好恶之心处理后，呈现在认识上的影像；二是依他起相，即如实显现的世界，是因缘因果的存在；三是圆成实相，即一切现象的空性本质。

了解三性的目的，是帮助我们正确看待世界，不被我法二执左右。所谓我执,是对自我的错误认知和执着;所谓法执,是对现象世界的错误认知和执着。这些错误认知就是所知障,还会进一步引发烦恼障。面对同样的问题,因为认知不同,产生的影响大相径庭。"天下本无事,庸人自扰之",说的就是这个道理。对于学艺术的人来说,看世界往往有独到的眼光和感受,可以见常人之未见。为什么会这样?因为真正产生影响的不是现象本身,而是我们对现象的认识。当然,这种独到眼光并不是佛法所说的如实见,只是一种经过专业训练的法执。

我们对世界的认识是智慧还是错误?关键在于对依他起相的认识,这是一个决定方向的中介点。如果正确认识缘起,就能在现象的当下通达空性,为当体即空。反之,就会对现象产生错误认知和执着,进而引发烦恼,导向生死和轮回。关于三性的关系,唯识经典有个著名的比喻:就像有人在月光下看到绳子,将之误以为蛇,惊恐不已。事实上,造成惊恐的对象并不存在,只是我们附加其上的误解。中国古代的杯弓蛇影也是说明这个道理。人生中,我们因为误解制造了无尽烦恼。所以要学习缘起的智慧,更要通过禅修开启观智。只有通达空性,才能如实了知一切,不被幻象所迷、所转、所束缚。

3. 转依

唯识修行的关键在于转依,这是佛教和哲学的根本区别所在。

依，即生命存在的依托。凡夫的存在其实是"被存在"，是在不知不觉中被造就的。就像现在常说的"被控"，控制我们的，不仅是手机、游戏、购物，还有自己培养的串习。常常是我们回过神来，才发现自己已大权旁落，成为欲望、情绪的奴隶。

生而为人，区别于动物的最大意义就在于有理智，可以主动选择，转变生命依托。如果放任自流，等于放弃了做人的优势。怎么通过选择来转变？唯识的转依有两种，即迷悟依和染净依。

一是迷悟依。凡夫代表迷惑，佛菩萨代表觉悟，成佛就是转迷为悟的修行。凡夫之所以迷惑，是由无明造成的。因为看不清生命和世界的真相，就会迷失方向。我们一方面要看到，众生本具觉醒潜质，在这个层面，众生和佛菩萨是无二无别的，由此对修行生起信心。另一方面也要看到，虽然本质相同，但破迷开悟并不容易。尤其在当今社会，外在诱惑越来越多，我们的执着也越来越多，越来越找不到自己。这样的人生会走向哪里？迷悟依的重点，是认清生命现状，通过有次第的修行，逐步去除迷妄，开启觉性。

二是染净依。染是杂染，佛法认为生命中有三种污染源，分别是烦恼杂染、业杂染、生杂染。这是迷惑产生的心理力量，也是凡夫现前的生命系统。除此之外，生命还有清净本质，只是被层层遮蔽。所以要学习智慧文化，树立正确观念。进而通过戒定慧的修行，培养健康的生活方式和行为习惯。当杂染种子被彻底清除，清净觉性就得以显现。

这是唯识的认知和修行理路，也是觉醒生命的创作方式。其特点在于循序渐进，层层深入，是立足当下的生命状态，由迷妄转为觉悟，由杂染转为清净。

从中观谈觉醒

中观思想的特点在于否定，以此扫除障碍，直达本质，代表经典有我们熟悉的《心经》和《金刚经》等。

1. 不、空、无

《心经》中，不、空、无三个字反复出现。开篇就是"色不异空，空不异色，色即是空，空即是色"，指出现象和本质的关系，也为我们提供了认识生命和世界的公式。其中，色代表一切物质现象；空说明这些现象是缘起的，由众多因缘构成，本质上是无自性空的。

所谓自性，即不依赖条件产生，且独立不变的存在。从缘起的眼光看，世间根本不存在这样的现象，一切都是条件决定它的存在。比如房子、桌子乃至任何现象，只有条件具备才会出现，反之则趋败坏，所谓"缘聚则生，缘散则灭"。离开条件和关系，房子是什么？桌子是什么？乃至一棵树、一朵花，如果离开缘起，一切现象都了不可得。

接着，经中对此做了进一步阐述。说诸法空相，是"不生不灭，不垢不净，不增不减"，说明在空性层面，是没有差别和对待的。所以《心经》接着又说："是故空中无色，无受想行识，无眼耳鼻舌身意，无色声香味触法，无眼界乃至无意识界，无无明，亦无无明尽，无老死，亦无老死尽。"没有六根，没有六尘，没有六识，没有无明到老死的十二缘起，可谓一无到底。告诉我们，在空性层面是超越一切差别的，没有生灭、垢净和增减。

2. 假和幻

需要注意的是，空和有并不是对立的。《心经》的"色不异空，空不异色，色即是空，空即是色"告诉我们，空和有是不二的。有是一种假相，当下就是空的。但这种空不在有以外，只是否定我们对现象产生的自性见，并不否定现象的存在，也就是佛法所说的毕竟空、宛然有。虽然本质是空的，可现象又是有的。对于这样的显现，佛法用了两个经典的字来概括，一是假，一是幻。

所谓假，说明一切现象既不是真实、恒常、不变的有，但也不是没有。凡夫对世界的认识容易落入两个极端，一是常见，执着它是永恒的；一是断见，觉得它消失就彻底没了。为了纠正这种偏差，龙树菩萨在《中论》中指出，对现象的认识要远离生灭、来去、一异、常断的八不，所谓"不生亦不灭，不来亦不出，不一亦不异，不常亦不断"。

万物都是缘起的显现，无所谓生，也无所谓灭。比如我们建了一座房子，是房子产生了吗？离开构成房子的种种条件，有没有房子？它的产生和消失，只是条件的聚散而已。从这个意义上说，生就是不生，因为没什么是无中生有的，不过是条件具足后产生的现象。当条件败坏，房子就消失了。除了现象的显现和消失，并没有什么真正产生，也没什么真正消失。包括来去的一切行为，我们来自哪里，去向何方？其实是四大的显现，通过解构，根本找不到来和去的主体。

凡夫容易机械地看世界，在缘起现象上生起常见，以为是实实在在的有，从而心生贪著，希望占有，甚至产生永恒的期待，烦恼也就在所难免。而看到无的时候，又以为它彻底消失了，就会担心、害怕、没有安全感。可见，一切烦恼都是庸人自扰。因为对世界缺乏智慧认识，我们处处分别，执着美丑、善恶、自他、能所……其实在空性层面，一切都是条件关系的假相。只是因为看不清，才会执着美就是美，丑就是丑；你就是你，我就是我，使人和人、人和自然、人和世界产生对立。

人类共存在这个地球，本该是平和相处的命运共同体，却因为我执，产生民族、国家、地区的分别。有了这些界定，就会引发冲突甚至战争，带来伤害和仇恨。可以说，人类一切问题都来自我执。因为执着，我们被卡在二元对立的世界，对所爱起贪，对非爱起嗔。如果能看清这些不过是条件假相，撤除执着，一切存在都是和谐的，本质都是空性。

所谓幻，说明一切现象都是幻化的，既不是真实不变的有，也不是没有，即《金刚经》所说的"一切有为法，如梦幻泡影"。当我们具备缘起的智慧，就能摆脱现象带来的束缚。既然都是幻象，还有必要为它们的变化忽喜忽悲吗？

3. 三句式

《金刚经》每讲一个问题，不论是修行，还是圣者果位、佛菩萨功德，都要加上"所谓，即非，是名"的三句式。如"庄严佛土者，即非庄严，是名庄严"等，既是对所说内容的总结，也是提供中观的观察模式，避免我们落入常见，产生恒常的执着。比如有人学佛后会执着善行，执着功德相，觉得我做了什么好事，如何如何。其实对修行来说，这同样会带来挂碍，障碍对空性的证悟，所谓"金屑虽珍，在眼为病"。

经中反复以三句式，引导我们透过现象看本质，从而扫除执着，但又不落入断见。比如对桌子的认识，世上本来没有桌子，不过是一大堆非桌子的条件组合而成，本质上是无常无自性的。但也不能说没有，桌子的现象存在，功能也存在，所以我们给这个众缘和合的现象安立了"桌子"的假名。

　　这是中观的认知和修行理路,也是觉醒生命的创作方式。如果我们对生活中的一切都能如此观察,知道它是幻化的假有,就能超然物外,不被任何变化所困扰。

从禅宗谈觉醒

　　禅宗最重要的见地,是一切众生皆有佛性。这一观点出自《涅槃经》。前面说过,唯识是从妄心着手修行,而禅宗是直接契入真心;中观由否定证悟空性,而禅宗是"直指人心,见性成佛"。所以对禅宗修行来说,信心和承担非常重要。很多人知道佛法说人生是苦,其实这只是一方面,是从凡夫的现状而言。在这个层面,生命是以迷惑和烦恼为基础的。不论物质条件多好、地位多高,都是不断制造痛苦的永动机。但禅宗告诉我们:"菩提般若之智,世人本自有之,只缘心迷,不能自悟。"在迷惑背后,还有本来具足的觉性潜质。就像乌云下的虚空,是湛然澄澈、圆满无缺的。所以从究竟而言,生命又是充满光明的。那么,禅宗是如何修行、如何改造生命的呢?

1. 利和钝

虽然禅宗认为众生皆有佛性，般若之智亦无大小，但当下的根机有利钝之别。利根就像锋利的宝剑，能在妄念起时当机立断，截断众流；而钝根是被心垢包围，就像又锈又钝的刀，必须不断打磨，才堪起用。

《坛经》中，将心喻为虚空，烦恼心垢喻为云层，若邪见障重，"犹如大云覆盖于日，不得风吹，日光不现"。如何去除心垢？必须打破对能和所的执着。对凡夫来说，能是生起执着的"我"，所是执着对象，包括一切心物现象。对修行者来说，能是观照力，所是观照目标。如果我们不能正确认识能所，而是生起执着，生命就会卡在能所的二元对立中。至于被卡到什么程度，是直接卡死，还是能适当活动，主要取决于执着程度。禅宗修行所说的"驱耕夫之牛，夺饥人之食"，就是让我们在起心动念处，打掉当下的妄想和执着，由此体悟本心。

当我们带着迷惑和烦恼看世界，就会进一步制造迷惑和烦恼，使生命成为迷惑和烦恼的载体；然后带着更多的迷惑和烦恼看世界，继续制造迷惑，制造烦恼。所以佛陀用惑、业、苦三个字，对凡夫生命做了总结。众生因为迷惑而造业，因为造业而产生痛苦，然后又带着迷惑看待痛苦，继续造业，继续产生痛苦。就像人拿着火把画圈，一圈一圈，循环反复，最终使自己困入其中。

如何挣脱束缚？首先要以智慧看清生命现状。如果没有开放的胸怀，而是戴着有色眼镜，再好的智慧进入我们的认知系统，也会面目全非，成为"我"的认识。所以佛教不仅重视善知识，也重视弟子相。如果学人是垢器，就会使接收到的法义通通变味，改造成自己需要的味道。我们要用佛法改造生命，就必须把自己变成法器，带着清净心而不是我执我见闻法，这样才能完成心相续的改造。

2. 顿和渐

因为众生根机不同，所以禅宗修行有顿渐之分。神秀的"时时勤拂拭，莫使惹尘埃"属于渐修，是由下至上的常规道路。即使我们当下的心垢很厚，但只要不断扫尘除垢，就会越扫越少。这一生没修好，可以为来生打下基础；来生没修好，还可以继续。只要持之以恒，根机也是会变化的。

当然方法也很重要，将直接决定修行效率。我常说，《普贤行愿品》是成佛的第一生产力。因为其中的每个修行，都是以尽虚空遍法界的无限所缘为对象，使心恢复到虚空般的状态，再修礼敬诸佛、供养如来乃至普皆回向，可以迅速积累资粮。其实，这种虚空般的心才是我们的本心，只是凡夫被执着所困，将自己封闭在狭隘的二元对立中。所以在扫尘除垢的同时，更要打开心量。当心真正打开，尘垢是无处藏身的。

顿悟的修行，就是让我们直接认识本心。教下修行是通过闻思法义建立正见，以此指导禅修，是循序渐进的过程。而禅宗源于世尊在灵山会上的拈花微笑，由佛陀和迦叶尊者的印心而传法。为什么拈花也是说法？因为对佛陀来说，身口意三业都有无穷妙用，关键在于你懂还是不懂。

不仅佛陀如此，对于一个明眼宗师来说，所有举动同样是法性的呈现，指示你由此悟入，所谓"随拈一法，无非法界；心佛众生，三无差别"。而当你执着现象时，就会落入尘劳妄想，去道远矣。禅宗公案记载，赵州在天台遇到寒山，寒山指着牛脚印说：这是五百罗汉游山留下的。赵州说：既然是罗汉，为什么是牛脚印？寒山说：苍天！苍天！赵州哈哈大笑。寒山问他笑什么，赵州答：苍天！苍天！在二元对立的世界，罗汉脚印是罗汉脚印，牛脚印是牛脚印，是全然不同的。但从禅宗见地来看，这种认识已经著相了。在空性层面，罗汉脚印和牛脚印是无二无别的。

这些禅师的对答，处处以本分事相见，只看你会不会拖泥带水，会不会落入对待。所以禅宗的教化方式不落窠臼，著名的德山棒、临济喝、云门饼、赵州茶，都是围绕见性的随机应变。师父和弟子的往来问答，"曾到也教吃茶去，不曾到也教吃茶去"，于一碗茶普接三根。又或者，"道得也三十棒，道不得也三十棒"，以棒打为接引之法。这并不是祖师故弄玄虚，而是要借此打掉你的妄想，打掉你的名言概念，打掉你对形式的执着。对禅宗祖师来说，重要的不是方式，正是打掉执着烦恼的着力点，将人从二元对立的世界解放出来，当下认清自己的本心。通过对心的认知，清洗无始以来的烦恼串习，常行正法，是名真学。

这是禅宗的见地和修行理路，也是生命创作的独特方式。

觉醒生命的美妙

学艺术的人会大量观摩名作，以此提高审美，开阔眼界。学佛同样要了解佛菩萨品质，以此为学习榜样，常随佛学。那么，佛菩萨到底是什么样的？他们的精神特质是什么？

1. 佛菩萨之美

现在制作佛像的人很多，主要有两类。普通工匠将之当作商品，造型往往流于俗气。即使其中的上乘之作，也不过是材质和做工精良而已，形象上却不能体现佛菩萨的出世、寂静和慈悲。有些甚至俗不可耐，面相连常人都不如，根本起不到化世导俗的作用。而艺术家往往将之视为创作，所造佛像虽有一定艺术性，但只是体现作者的想法和个性，属于借像抒情，也和佛菩萨品质相距甚远。

我曾在《生命的美容》中说到佛菩萨的美：他是无限的安静，他是无限的空旷，他是无限的喜悦。这种安静不是没有声音，而是觉性散发的力量。我们想要安静时，会去寻找没有声音的地方。结果常常是，外面的声音没了，内心依然热闹非凡，使我们没能力去享受环境的安静。而佛菩萨已平息生命内在的所有躁动，这种安静是由内而外、无所不在的。

这种空旷不是空间上的，而是心无所住带来的开阔。凡夫心是有住的，就会有指向，有粘著。而佛菩萨的心就像虚空一样，虽含藏万物，却不着一尘。

这种喜悦不是情绪流露，而是本然如此的呈现。凡夫的笑只是一种表情，是来自某件事、某个人，是某种情绪的外化。有时还会流于躁动，如欣喜若狂、喜不自禁、欢天喜地，甚至因为过于躁动而乐极生悲。但佛菩萨的笑是举身微笑，是深层的喜悦，每个毛孔都散发着祥和的欢喜，使生命得到滋养。

佛菩萨的美，来自无限的智慧和慈悲。这种慈悲以法界一切众生为所缘，无所不包。平常人能对亲朋好友慈悲就不错了，但佛菩萨是无缘大慈，同体大悲。这种慈悲是无限平等、通天彻地的，没有一个众生是他不能接纳的，也没有一个众生是他不能慈悲的。

这就是觉醒生命展现的人格特质，已经摆脱所有的迷惑、烦恼和束缚，是觉性的全然呈现，是无限的自由自在。当然，仅仅通过文字是无法表达这种特质的，需要我们在修行中去认识，去体会。

2. 生命的创作

佛陀意为觉者，是觉醒的典范，也是生命创作的榜样。说到成佛，好像离我们很遥远。其实佛陀成道时发现，一切众生都有觉醒潜质，只需要通过修行去开发。可能有人会说，觉醒和我有什么关系呢？其实，这取决于每个人的精神追求。就像对有些人来说，会觉得艺术是可有可无的，不能理解艺术家的不懈追求，以及从中得到的内心满足。

丰子恺曾把人生比作三层楼：一是物质生活，二是精神生活，三是灵魂生活。普通人物质丰裕就能满足，再有一点爱好，已属锦上添花。艺术家站在第二层，以精神生活为重，通过创作表达自己对世界的感受，也以此滋养自己的心灵。但对另一部分人来说，仅仅这样还不够，必须解决人生的终极问题，知道我是谁，活着究竟为什么，否则就不能安心。这就必须导向更高的目标。

各位从事艺术工作，比大众有更多的精神追求。但如果只是停留于术的层面，不论有多大成就，只是术业有专攻而已，既不能解决内在迷惑，也不能让生命品质得以提升。近年来，禅意设计深受欢迎。从建筑、空间到生活用品，人们借助设计表达自己理解的禅意，以及内心的向往，给喧嚣世间带来一阵清风。但没有安心之道的话，这种禅意往往是表面的，还是在相上做文章，是远远不够的。空间简约了，设计空灵了，心依然会躁动。

　　希望大家在艺术创作之外，进一步关注生命的创作。立足于这样的追求，才能真正实现人生价值，活得明白，活得有意义。当我们通过觉醒的艺术找到人生出路，再将这种体证融入创作，就不只是形似的禅意，而能真正令心安住。那么，艺术不仅是世间的事业，还可以像古人推崇的文以载道那样，用来传承智慧，启发心智，成为自己和大众的修行助缘。

　　以生命的觉醒为目标，把生命作为创作载体，成就圆满的智慧和慈悲。这样的创作远比任何艺术创作更有价值，而且是尽未来际的价值，不仅对自己有意义，也对众生有意义，对世界有意义。

生命的美容

——2008年冬为厦门东方美会员所讲

如何让生命更美好

静心书堂

世人都很关注相貌和身体的美，其实，那种美是非常短暂的，所谓红颜易老，青春难驻。从佛法角度来看，世间一切都是无常的。我们的一生，色身从小到大，由盛而衰，其间种种变化，就像时光的脚步，不曾少息。所以，永葆青春不过是一场注定失败的梦想，因为那是在和自然规律抗争。几千年来，多少人为驻颜有术而费尽心机，但迄今所取得的最大成功，不过是延缓衰老速度而已。

相对外在身相来说，内在美才是历久不衰的。它不会因年龄渐增而失去，正相反，内在的美需要通过长期积累才能绽放光芒。就像璞玉那样，经过无数雕琢打磨之后，方能展现它所蕴含的明洁之美，纯净之美。

这种内在美，就是人格的美、心灵的美、生命品质的美。从佛法观点来看，内在美的至高境界就是佛菩萨。当然，佛菩萨不仅具有内在美，同时也呈现出外在的美。经典记载，佛陀具有三十二相八十种好，也就是说，身体每个部位都是圆满而无可挑剔的。这种身相的圆满，不是靠化妆，更不是靠整形，而是由佛陀成就的无量功德所显现。经中称之为"行百善乃得一妙相"，故名"百福庄严"。

当我们说到佛菩萨时，感觉似乎很遥远，是与现实迥异的另一个时空。事实上，佛菩萨并不是一种身份象征，而是代表悲智两种品质的圆满。所谓智，就是解除烦恼的能力，了悟生命真相的能力；所谓悲，就是发愿帮助一切众生解除烦恼，断惑证真。

很多人喜欢到寺院礼佛敬香。当我们仰望佛像时，内心往往会感受到一种异乎寻常的安宁与祥和。当然，不是所有造像都能将佛菩萨应有的意境表现出来，这不仅需要高超的技艺，更需要对佛菩萨的内涵有所领悟。

那么，真正的佛菩萨应该是一种什么神情？

他是无限的安静。这种安静不是无声的安静，而是内在的安静。仿佛静静的大山，静到极致，却像通天彻地的声音，有着某种难以表述的震慑力。这就是三法印所说的涅槃寂静，它来自所有躁动平息后的内心，来自宇宙人生的最高真实。这种寂静不仅为佛菩萨自身受用，也会使周围的人，甚至周围环境得到净化。

他是无限的空旷。凡夫心的最大特点，就是浮躁而动荡，在各种变幻的妄想中不停摇摆。想静，静不下来；想睡，睡不踏实；想思考，无法集中精力。为什么？因为内心的垃圾太多，且从未清理。这使我们根本看不清生命的真正需要，只好用不停忙碌、用表面充实来掩盖这种茫然。忙碌的结果，不过是继续制造妄想，制造心灵垃圾。而佛菩萨因为体证空性，故能照见五蕴皆空，就像乌云散尽的虚空，澄澈明净，纤尘不染。

他是无限的喜悦。这种喜悦并非通常所说的快乐。因为快乐只是对痛苦的缓解，是建立在某种条件之上。当我们尝到某种快乐并产生执着后，一旦条件改变，对快乐形成的依赖就会落空，转而成为痛苦。所以，世间快乐都是短暂且有副作用的。而佛菩萨的喜悦是来自生命内在，是从全身弥漫而出，这也就是佛经所说的"举身微笑"。只有彻见无我的证悟者，才能使每个毛孔都洋溢着微笑，散发着喜悦。

所以说，生命美容的最高境界就是佛菩萨。学佛，就是以佛菩萨为榜样，不断去除现有的不良心行，开发潜在的高尚品质。当生命不再有任何瑕疵，我们也能像佛菩萨那样，成为至纯至真的人，成为至善至美的人。

我们不仅要重视外在的美，更要重视心灵的美，这样才会持久地焕发光彩。因为身心是相互依赖、相互影响的。当我们情绪低落时，身体也会变得沉重，甚至淤积为种种病变。当我们心情飞扬时，则会觉得浑身放松，原有疾病也随之减轻。所以说，生命内在的改善意义重大。那么，我们如何来美化生命，庄严生命？

首先需要了解生命。其实，生命也是一个产品，是无明制造的一个产品。对这个五蕴和合的生命体来说，最本质的就是人心和人性，并显现为善和不善两方面。儒家思想认为，人可以成贤成圣，但也可以成为衣冠禽兽。西方宗教也有类似观点，认为人有神性，但同时也有兽性。这都说明了人的两面性。

佛法所做的归纳是，人有佛性，也有众生性。佛陀在菩提树下悟道时就发现，每个生命内在都具备与佛菩萨无二无别的潜质。所以，虽然我们现前只是充满困惑的苦恼凡夫，但还是有希望的。只须将内在潜质开发出来，就能证佛所证。佛法说众生平等，所谓平等，不是现象上的平等，而在于每个人都具备成佛的潜质。这也是佛教有别于其他宗教的重要特征之一，没有哪个宗教认为信徒与信仰对象是平等的，可以通过修行成为自己所信仰的对象。

但我们也不能盲目乐观，觉得自己宝藏在身，无须着急。要知道，在这一宝藏尚未开发之前，是虽有若无，不起作用的。因为我们的生命状态还是凡夫，是贪嗔痴，是饮食男女。如果不利用现前人身努力修行，我们是见不到内在宝藏，更无法将之启用的。

其次还要了解，什么是生命中的美和不美。这种美，其实就是佛法所说的善，反之则是不善。那么，佛教对善与不善又是如何定义的？

佛教认为，能为我们带来快乐结果和未来利益的行为就是善，带来痛苦结果和未来损害的行为就是不善。这种因果不只是现象的，同时也发生在我们内心。当我们生起善念时，内心会充满喜悦，并给自他双方带去和谐与温暖；反之，当我们生起恶念时，就像触动内心的一个病灶，立刻就会引发种种不良反应，使身心受到折磨，感到痛苦。或许有人会说，不是也有人以作恶为乐吗？那种乐，是一种畸形而非正常的快乐，是心灵的扭曲状态。所以说，恶所招感的不仅是未来苦果，当下就会在内心制造痛苦。当它表现出来之后，又会给他人制造痛苦。

从表面看，我们似乎活在共同的世界。事实上，我们是活在各自的心灵世界。我们有什么样的心，就决定我们看到什么样的世界。

如果你觉得所有人都不是好人，这个念头生起时，看每个人都会带有敌意，都会制造对立，那是一种紧张而又压抑的感觉。因为你是与天下人为敌，在这种草木皆兵的情绪中，怎么可能开心起来？不必说所有人，即使觉得某个人不好，也会在内心打下一个心结。下次再想起此人，心结就会随之出现，继续纠缠着你，折磨着你。或许对方还不知道你在讨厌他，可你已被自己的嗔恨折磨得心力交瘁了。嗔恨如此，贪婪、愚痴、嫉妒莫不如此。所以说，任何负面情绪都是百害而无一利的。

每个人都有各种心理活动，时而开心，时而难过；时而兴奋，时而沮丧；时而宽宏大量，时而斤斤计较；时而充满爱心，时而冷漠无情。对有些人来说，各种心理的活动机会基本均等，由此呈现出多样化的性格。而对有些人来说，某种心理会得到特别发展，占据主导地位，使其明显倾向于善或不善。

在这个热闹非凡的心灵舞台上，各种角色你方唱罢我登场。但我们却从来搞不清，这些心究竟如何产生，如何活动，如何过渡，因为我们从未管理过自己的心。或许有人会觉得，这样顺其自然也是好的，也同样精彩。但我们要知道，就像生活中随时会制造垃圾一样，我们的言行也会在内心留下痕迹，产生心灵垃圾。如果不加处理，这些贪嗔痴的垃圾非但不会自行降解，还会继续滋生新的问题。

所以说，了解心理的形成规律非常重要。因为我们不是活在现实中，而是活在自己的内心世界。我们看到的一切，都已经过情绪的投射，经过想法的处理。你觉得某人好，看他什么都顺眼；觉得某人不好，看他什么都别扭。这种感觉或许和别人对他们的评价截然相反，为什么？原因就在于，你看到的并非客观上的那个人，而是你感觉中的那个人。

怎样才能对心灵进行管理？

我们的心就像一片田地，如果播下荆棘，就会遍布荆棘，给我们带来痛苦；如果播下花种，就会盛开鲜花，给我们带来快乐。所以，我们每天想什么、做什么非常重要，因为这就是在给心灵播种。

我们的所思所行会有两种结果：一是外在结果，即事情的客观结果；一是内在结果，即起心动念所形成的心理记录，也就是佛法所说的种子。当这些种子遇到合适环境，还会继续生长，积聚力量。而在形成一定力量后，又会促使我们去重复它，并在重复过程中日渐壮大。当某种心理发展到一定程度，就会主导整个生命。如果这种心理是负面的，就会使我们成为它的牺牲品。就像那些犯罪者，固然是给他人造成了伤害，但他们自己何尝不是受害者？不同的只是，他们是自身烦恼的牺牲品，是负面心理的牺牲品。此外，有些人是爱情的牺牲品，有些人是名利的牺牲品，有些人是虚荣的牺牲品，有些人是赌博的牺牲品，这种现象在生活中比比皆是。

为什么会产生这种现象？因为他们从未管理内心。最终，在不知不觉中使不良心理强壮起来，结果使自己沦为傀儡。要扭转这一局面，就必须了解并有效管理内心。对生命来说，没有比这个更重要的。因为心才是和我们关系最密切的，是无从逃避也无法舍弃的。

很多人在物质达到一定水准后，发现自己并未得到预期的幸福，甚至出现种种难以解决的心理问题。这才意识到，人生问题不是物质就能解决的，根源是在于我们的心。所以，心理学也开始引起社会各界的重视。

在我们内心，除负面心理外，还有很多良性心理，需要特别加以培养，这样才能有效改善生命品质。每种行为都会在内心留下痕迹，形成力量。这种力量又会积累为心理习惯，久而久之，成为我们的性格，成为我们的人格，成为当前的生命素质。但人性并不是固定的，而是可以通过修行加以改变，否则我们就没有希望了。

佛法认为，世间一切都是缘起的、无常变化的，关键在于调整。那么，又该怎样进行调整？每个人的存在无非就是两种东西：一是观念，二是心态。观念会制造心态，心态又会影响观念的形成。

我们每天会面对很多问题，并对我们产生不同影响。那么，同一件事是否会对每个人产生同样的影响？显然不是。因为这种影响程度是取决于每个人对问题的看法，而不是事情本身。事实上，任何事都有无限的可能性。好事可以变成坏事，坏事可以变成好事。所谓祸兮福之所倚，福兮祸之所伏。

空性是佛教的最高理论，它告诉我们，每个有限的当下都是无限。我们之所以把它看作有限，和我们的认识有关，也和我们对它的设定有关。所以，关键就在于怎样看待。若从主观情绪出发，所见都是自身的设定，就会有得失，就会有对立，进而引发不良心行。反之，若能以智慧观照一切，当下就能超然物外，化解一切的得失和对立。

生命的美容，就是认识到生命存在的不同层面，然后加以改变。色身的美是以健康为基础，心灵也是同样。惟有健康的心理，才能使生命焕发光彩。那么，哪些是健康的心理，哪些又是不健康的心理呢？从佛法观点来看，智慧能带来健康，而无知则是不健康的。

所谓无知，并不是通常所说的没有知识。相信在座的都有自己的专业知识，有自己的处世能力。这里所说的，是对人类根本问题的无知。比如我是谁？我从哪里来？又去向何方？人为什么活着？命运到底是怎么回事？或许有人会觉得，为什么要想这些问题？不想不也同样可以过日子吗？

事实上，这是人类永恒的问题，只要对人生有深度思考，必定需要面对，需要找到答案。从另一方面来说，所有烦恼都是由这些问题演化而来。我们每天都在关注自己，在意自己，觉得我在爱、我在恨、我在苦恼，把这些情绪当作生命的一部分。其实，这些情绪并不代表我，只是生命发展过程中衍生的心灵肿瘤。

没有健康的生活方式，身体会发生病变。没有正确的观念和心态，内心就会烦恼丛生，郁积成病。在物质生活水平日益提高的今天，心理疾病却以前所未有的速度在蔓延，如抑郁、自闭、狂躁等。这些疾病不仅干扰人们的正常生活，严重者，甚至会使人走上绝路，具有极强的杀伤力。据有关统计数据表明，抑郁症将在本世纪成为威胁人类生命的第二大杀手。仅在中国，抑郁症患者已达三千万，而在全球范围内，超过五亿人正在遭受这一疾病的折磨。这是多么惊人的数字。

怎样进行治疗？这就必须从心开始，所谓心病还须心药医。我们要认识到，这些疾病并不是"我"，只是生命延续过程中产生的畸变。换言之，就是把疾病当作客体进行观照，而不是在乎它，跟着它跑。那么，不良情绪就会逐渐平息。佛教的禅修，正是起到这样的作用。

如果把心比作舞台，各种念头就是其中的参演者，它们在台上川流不息，交替登场。如果我们投入其中，每个角色登场时都去摇旗呐喊，就会在疲于奔命中耗尽一生。这不仅是对人身的极大浪费，更可怕的是，还会由此积累不良串习，影响未来生命。正确的态度是不迎不拒，再喜欢的念头也不追随，再讨厌的念头也不拒绝。当心能够稳定安住时，念头就会因缺乏呼应而黯然退场。否则，我们往往会被起伏的念头所左右，继续注入心灵能量，使之增长广大。每一次在乎，它的力量就随之强化。大到一定程度，我们就难以控制局面了。

因为无明，我们会把很多不是我的东西当作是我。人为什么会怕死？就是因为把身体看作是我。自然地，就会害怕"我"随着这个身体消失。如果知道色身只是生命延续中的一个暂住地，就不会对死亡那么恐惧，那么闻风丧胆了。

生命就像流水，眼前这个色身，只是其中呈现的一朵浪花。浪花虽时起时灭，流水却从未停止。认识到这个道理，色身的生老病死就不会对我们构成心理伤害了，因为那纯粹是自己吓唬自己。

如果执着其中有我，才会贪恋不舍，痛苦也就在所难免。

我们最在意的，就是自己的家庭、财富、事业、孩子等。之所以在意，都是因为前面被冠以"我"的标签。因为有了这个设定，所以，"我"的家庭就比别人优越，"我"的财富就比别人重要，"我"的事业就比别人出色，"我"的孩子就比别人特殊。于是就会出现攀比，产生竞争。因为这种自我的重要感和优越感，又会带来自我的主宰欲，总想支配别人，这就使人生处处面临冲突。

现代人内心躁动。这种浮躁之气不仅影响到内心，当它表现出来时，还会影响到我们的外在气质乃至相貌。一个人即使有无可挑剔的容貌，如果浮躁不安，也无法让人产生美感。而一个容貌普通的人，如果内心宁静、淡泊沉稳，也会散发出超然的气质。有句话说，人是因为可爱而美丽，而不是因为美丽而可爱，说的正是这个道理。

我们要使生命变得美好、变得庄严，就要从身心两方面建立健康的生活方式。

其一，对事情看淡一点。所有烦恼都和我们的执着有关，我们在乎的事，才会对我们造成伤害。这种伤害程度又取决于我们的在乎程度。有一分在乎，就会有一分烦恼，会受到一分伤害。有十分在乎，就会产生十分烦恼，受到十分伤害。把我们附加在事物上的错误设定撤掉，就不会因执着带来不必要的烦恼和伤害了。

其二，生活平静而有规律，学会享受闲暇。我们总是习惯不停地忙着，一闲下来，立即就要聊天、上网、看电视。现在的人，宁愿做些自己明知无聊的事，也不愿静静地享受闲暇。事实上，他们也没有能力享受闲暇。因为这颗动荡的心缺乏支撑，随时都要寻找依靠。其实，我们的心是具足一切的，关键需要去体认。禅修就是帮助我们认识心的潜能，而不是一味向外寻求。

对人生来说，最重要的，是具备正确观念和良好心态。这样才能从容面对世间种种变化，不为顺逆境界所动。进一步，还要发心利益大众。这样的人生，才是美好的人生、有意义的人生。